편혜영　소설가. 비중독자. 간헐적 음주인.
『아오이가든』으로 시작하여 『어쩌면 스무 번』에 이르기까지
여섯 권의 소설집과 다섯 권의 장편소설을 썼다.

조해진　2004년 〈문예중앙〉에 작품을 발표하며 등단했다. 소설집
『천사들의 도시』 『목요일에 만나요』 『빛의 호위』 『환한 숨』
장편소설 『로기완을 만났다』 『아무도 보지 못한 숲』
『여름을 지나가다』 『단순한 진심』 등을 출간했다.

김나영　2009년에 〈문학과사회〉 신인문학상 평론 부문에 당선되어
문학평론가로 활동하기 시작했다. 사람의 마음을 움직이는
문장의 매혹과 마력에 이끌려 여기까지 왔다. 어딘가에
'책 한 권을 쓰고 나무 한 그루를 심는 꿈을 꾼다'고 자기소개를
적어두었다. 최근에는 아이와 함께 하는 삶, 공존, 미래 등에
관해 가장 많이 생각하고 있다. 부지런하게 생각하고 꾸준히
쓰고 싶다.

한유주　소설가.

이주란　소설가.
소설집 『모두 다른 아버지』 『한 사람을 위한 마음』이 있다.

이장욱　시인. 소설가. 『내 잠 속의 모래산』 『칼로의 유쾌한 악마들』
『나의 우울한 모던보이』 『혁명과 모더니즘』 『정오의 희망곡』
『고백의 제왕』 『생년월일』 『천국보다 낯선』 『기린이 아닌
모든 것』 『영원이 아니라서 가능한』 『동물입니다 무엇일까요』
『에이프릴 마치의 사랑』 등을 썼다.

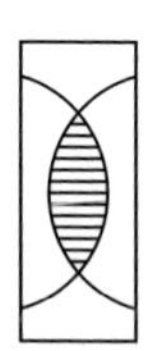

술과 농담
Drinks and Jokes

—

편혜영 조해진 김나영 한유주 이주란 이장욱

시간의흐름。

일러두기

- 단행본은 『 』, 잡지는 《 》, 신문과 시, 논문은 「 」로, 영화와 곡명, 작품명은 〈 〉로 표시했다.
- 외래어 표기는 국립국어원 외래어표기법에 따랐으며 관례로 굳어진 것과 입말이 더 많이 쓰이는 경우는 예외로 두었다.

차례

몰(沒)

—

편혜영

"이런 식의 삶이라면
술을 마시는 것과 마시지 않는 게
무엇이 다르단 말인가."

– 편혜영, 『서쪽 숲에 갔다』

1

한번은 이런 적이 있다.
술을 얼마간 마시자 현기증이 나고 눈앞이 번쩍거리기 시작하더니 허공에 떠오르는 기분이 들었다. 모르는 기분은 아니었다. 술 때문에 간혹 그런 일이 생겼다.

자리에서 일어나 천천히 화장실 쪽으로 갔다. 손님이 붐비는 이태원의 맥줏집이었는데, 여자 화장실은 겨우 한 칸뿐이었다. 좁은 화장실 안에 네 명이 줄 서서 기다리고 있었다. 모두 다급한 얼굴이어서 양보를 받기 힘들어 보였다.

옆에 있는 남자 화장실은 똑같이 한 칸이었지만 소변기가 따로 있고 무엇보다 아무도 없었다. 나는 그리로 들어가 문을 걸어 잠갔다. 어떤 선택은 숙고 없이 일어난다. 그게 최선이다 싶으면 다른 생각을 해볼 여지가 없는 법이다.

토하고 나면 바로 착지하는 기분이 드는데, 그날은 어지간했는지 현기증이 가시지 않았다. 잠깐 화장실에 앉아 있다 나가는 편이 낫겠다 싶었다. 당연히 편한 곳은 아니었지만 일행이 있는 자리로 비틀거리며 걸어가 몸이 힘든 기색을 하는 것보다 나은 듯했다.

얼마나 지났을까. 여자 화장실 쪽에서 나를 찾는 소리가 들렸다. 그제야 정신이 든 것으로 보아 잠깐 잠이 들었던 모양이다. 화장실 소변기에서 아무 소리가 들리지 않는 걸 확인하고 조심스럽게 남자 화장실을 나와 자리로 돌아갔다.

자리는 텅 비어 있었다. 내가 없어진 줄 알고 놀란 일행들이 나를 찾으러 여기저기로 흩어진 것이다.

2

그날 마신 술은 와인 두 잔과 맥주 500CC. 상황에 따라 다르지만 그 무렵에는 그 정도의 술도 문제가 됐다.

마시다 보면 술이 는다는 조언을 흔히 듣지만 마시다 보니 구토에 걸리는 시간이 빨라지는 부작용을 경험한 후로는 양을 늘리려고 애쓰지 않는다.

3

술을 못마시는 사람들이 술자리에서 흔히 듣는 질문을 나 역시 줄곧 들어왔다. "왜 안 마셔?" 하는 질문. 술을 마시지 않고 있으면 다른 어떤 관심이나 질문보다 그 얘기를 자주 듣기 마련이다.

그렇게 묻는 사람은 아마도 애주가는 아닐 것이다. 애주가라면 자기가 마시는 술과 기분이 중요하니 굳이 마시지 않는 사람에게 관심을 둘 이유가 없다. 잘 마시지도 못하는 사람이 자신이 좋아하는 술을 마셔서 축내는 걸 서운히 여겨야지, 마시지 않는다고 타박하는 건 아무래도 이상하다.

대개 나이가 많거나 직급이 높거나 자기가 하는 일을 남들은 하지 않는 것에 심통난 사람들이 왜 안 마시느냐 묻고 대답과 상관없이 한 번 더 권한다.

"그러지 말고 조금만 마셔."

애당초 그런 자리는 원만한 사회 생활을 위해 나간 자리일 가능성이 높다. 그러니 알코올에 취약한 내가 그동안 어떤 일을 벌였는지, 선망하지만 접근하기 힘든

게 있는데 그게 술이라는 둥의 얘기는 하지 않는 편이 낫다. 그렇게 묻는 사람들은 내가 얼마나 마시는지 사실 관심이 없다.

양이 늘지는 않지만, 나름의 방식으로 좋아하는 술이 점점 많아지기는 한다. 시원한 라거의 첫 모금, 눈이 오거나 올 듯한 날의 따뜻한 사케, 커다란 얼음볼을 넣어 시간을 들여 천천히 마시는 싱글몰트, 기분을 내고 싶을 때 마시는 팩토리의 논알콜 모히토, 공주 양조장에서 사다 마신 바밤바 맛이 나는 밤막걸리 같은 것들.

그런 술이 불어넣어 준 용기와 허세, 객기와 수줍음, 그때 발생한 우정을 기억하고 있다.

술에 취해 우르르 편의점 냉장고로 몰려가 비비빅이나 캔디바 같은 걸 하나씩 고르던 밤이 있었다. 얼굴이 빨간 후배가 몸을 비틀거리며 카운터의 알바생에게 다가가 "아저씨, 우리 이래 봬도 소설가예요"라고 말해서 도망치듯 편의점을 빠져나온 밤.

그 말은 내가 가장 좋아하는 농담 중 하나다.

5

술은 전적으로 부모에게 배웠다. 두 손으로 잔을 받으라거나 어른 앞에서 고개를 돌리고 마시라거나 취할수록 입을 닫으라는 예법을 배웠다는 게 아니라 주량을 물려받았다는 뜻이다.

아빠는 술에 취해 비틀거리거나 기분 좋게 한 잔 걸치고 집에 오는 길에 통닭이나 붕어빵 같은 걸 사와서 식기 전에 먹이려고 아랫목에 나란히 누워 잠든 자식들을 깨우거나 술에 취해 시비를 걸어 싸움을 일으킨 적이 한 번도 없었다. 간혹 친척들이 모인 자리에서 마지못해 잔을 들 때에도 겨우 목을 축이거나 시간을 들여 한 잔 정도 마시는 게 전부였다. 그것만 마셔도 얼굴이 붉어졌고 본래도 과묵한데 조금 더 내성적으로 변해서는 조용히 방에 들어가 잠이 들었다.

그래도 어른들이 모이면 술이 빠지지 않았는데 그런 자리에서 대놓고 마시는 건 당숙모뿐이었다. 당숙모는 큰소리로 당숙부에게 화를 냈고 이미 나누고 있는 화제를 맘대로 바꿔버리며 자기 얘기를 길게 늘어놓았다. 대부분 신세 한탄이어서 사람들을 어쩔 줄 모르게 만들었지만 잠시 후에는 언제 그랬냐는 듯 쾌활하게 웃음을 터뜨리고 조카들에게 돌아가며 잔소리를 했다.

집에 돌아갈 즈음 당숙모는 늘 침울한 표정을 지었다. 모두들 돌아가려는 차비를 마쳐야 겨우 비틀거리며 일어나서 술 냄새를 풍기며 조카들 손을 일일이 잡아 인사하고 아쉬운 표정으로 집을 나섰다.

친척들이 돌아가고 나면 엄마와 아빠는 언제나 고개를 절레절레 저으며 자식들이 듣지 못하게 작은 소리로 당숙모에 대한 불만을 털어놓거나 혀를 차며 걱정 섞인 흉을 봤다. 부모가 당숙모를 유독 싫어한다는 생각은 들지 않았다. 내가 본 당숙모의 모습보다 부모가 보고 겪은 모습이 훨씬 많을 테니까.

그러고 보면 아빠는 술꾼에 대해 늘 안 좋게 말했다. 체질적으로 술을 잘 마시지 못하는 아빠에게는 본래 폭음의 기회가 없었다. 술에 대한 본인의 절제력이 성실함과 책임감 때문만은 아니었지만, 아빠는 술은 언제나 노동에 부정적 영향을 끼치고 결과적으로 가족의 부양을 방기하는 무책임한 행태를 조장한다고 야박하게 평가하는 게 분명했다.

그런 사람을 많이 봐왔기 때문일 수도 있었다. 아빠는 건설현장에서 인부들을 채용하고 감독하는 일도 했는데, 취할 정도로 술을 마시고 다음 날 현장에 나오지 않는 사람을 자주 보았다. 알음알음으로 일자리를 소개받는 건설 현장 노동자에게는 경력보다 평판이 더 중요했고, 술은 평판을 좌우했다.

아빠가 시원하게 술 마시는 걸 본 적 있었다. 전세 버스를 타고 친척의 결혼식에 다녀오는 길이었는데, 지금이야 불법이지만 그 당시 고속버스를 타면 으레 그렇듯 일단 술이 좌석을 넘나들며 한 차례 돌았다. 그러다 누가 먼저랄 것도 없이 마이크를 잡고 노래를 시작하자 버스 안은 순식간에 춤판 노래판이 벌어졌다. 다 큰 어른들이 상기된 얼굴로 좌석에서 일어서거나 통로로 나와 몸을 흔들어댔다.

지금이라면 그런 어른들이 귀여워서 박수를 쳤겠지만 당시의 나는 한창 삐딱한 시기를 지나고 있었다. 흥과 춤과 술이 섞이면 문제가 되는 줄 아는 나이였다. 조용히 잠이나 잤으면 싶어 눈을 꾹 감았는데 마이크에서 아빠 이름이 울려퍼졌다. 누군가 지목하면 노래를 부르지 않을 재간이 없는 터라 아빠는 일단 마이크를 받고 일어섰다. 얼굴이 잔뜩 빨개졌는데 술을 마셔서인지, 노래를 불러야 하는 곤경과 민망함 때문인지 알 수 없었다. 주저하듯 조금 시간을 끌던 아빠는 반주도 없이 김수희의 노래를 불렀다. 지금도 생각난다 자꾸만 생각난다 그 시절 그리워진다 아아 아아 노래를 부른다기보다는 가사를 웅얼거리다 냅다 소리를 지르는 식이어서 내가 노래를 못 하는 게 다 아빠 때문임을 알 수 있는 실력이었다.

노래를 마치고 자리에 앉은 아빠는 평소와 달리 맥주를 달라고 먼저 청하더니 한 잔 받아 죽 시원하게 들이켰다. 그러고 보면 술은 부끄러움에 맞설 가장 그럴싸한 망토가 되기도 한다.

6

엄마는 간혹 혼자서 술을 마시는 듯했다.

하루는 집에 돌아오는 길에 엄마를 봤다. 엄마는 조카를 등에 업은 채로 동네 가게에서 내놓은 플라스틱 의자에 앉아 있었다. 엄마는 직장에 다니는 둘째 언니의 아이를 돌보고 있었다. 그 애는 유난히 손을 많이 탔고 걷는 법 없이 뛰었고 잠뜻이 심해 업고 돌아다녀야만 겨우 잠이 들었다. 지친 표정의 엄마 옆에는 누군가 버려두고 간 건지 알 수 없는 맥주 캔이 두 개 놓여 있었다.

엄마, 하고 부르려는데 엄마가 옆에 놓인 맥주 캔을 들어 조갈을 느끼는 사람마냥 죽 들이켰다. 여름이고 장마철이니 그럴 수 있지만, 다른 계절이고 덥지 않았어도 그럴 수 있지만, 엄마는 아빠만큼이나 술을 못 마시는 사람이어서 그럴 수 있다는 생각을 해본 적이 없었다.

나는 엄마를 부르지 않고 슬쩍 집으로 들어가버렸다. 엄마가 지친 표정이었던 게 마음에 걸렸다. 엄마를 도울 재간이 없었으므로 모르는 척하는 쪽을 택했던 것이다. 엄마는 언제나 집으로 돌아오는 사람이고 표정이

어떻든 얼마나 지쳐 있든 다 해내는 사람이니까 오래 걱정하지 않았다.

과연 얼마 지나지 않아 엄마는 집으로 왔고 잠들어 있는 조카를 조심스럽게 내려놓았다. 엄마의 등이 조카가 흘린 땀으로 젖어 있었다. 나는 길에서 엄마를 보았노라고 아는 척하지 못했다. 엄마 역시 붉게 달아오른 얼굴에 대해 아무 말도 하지 않았다.

그 무렵 엄마가 무슨 생각을 하고 있었는지, 유별난 조갈은 무엇 때문이었는지, 혼자 아이를 감당하느라 얼마나 지쳤는지, 날마다 자라는 아이를 돌보면서 나이 들어가는 스스로에 대해서는 어떤 기분을 느꼈을지 당시의 나는 한번도 헤아려보지 않았다. 길가에 앉아 바쁘거나 한가로이 오가는 사람들을 보며, 등을 땀으로 적시는 손자의 무게를 견디며 시간을 들여 천천히 맥주를 마시는 동안 엄마가 무슨 생각을 하고 있었는지 조금도 모른다는 게, 지금도 종종 마음을 아프게 한다.

7

아빠는 사위들과 식사하는 자리에서 늘 술을 먼저 챙기고 술도 안 마시면 적적해서 어쩌느냐고 잔소리를 하는 사람이 됐다.

엄마는 계절마다 커다란 병을 깨끗이 씻어 말린 다음 색이 고운 과일주를 담갔을 것이다. 식구들이 모이는 날이면 일단 홍어부터 삶고 무쳐 상을 차리고 잘 익은 담금주를 통째로 내놓던 사람이니까. 사위들은 처음에는 맛도 모르고 삭힌 홍어를 찔끔 먹다가 점차 홍어와 담금주가 없다면 허전하다 여겼겠지만, 지금 그런 것은 없다.

엄마는 돌아가시고 나서야 자식들에게 술을 받게 됐다. 이제 혼술은 아니다. 우리는 돌아가며 음복을 한다. 늦게나마 엄마와 함께 술을 마시는 딸이 된 것이다.

8

마시지 못하는 것과 별개로 종종 술 마시는 일에 대해 생각을 한다. 그저 마시는 것이 아니라 술을 유일한 위안으로 삼고, 떨리는 손을 감추고 거짓말을 해서라도 조금 더 마시려 애쓰고, 술 마시는 걸 자책하고 숨기려다 남몰래 마시며 불안한 안도감을 느끼는 일에 대해 생각한다.

술 없이 부끄러움에 맞서기 싫을 때, 세계가 짐짝 같은 무게로 업혀올 때, 오래된 관계를 내가 다 망쳤다 싶을 때, 아무리 달리 보려고 해도 내 마음이 하찮을 때, 가까운 사람에 대한 연민과 실망으로 마음이 그을릴 때, 한마디로 제정신인 걸 참을 수 없을 때 그런 생각을 한다.

9

〈보잭 홀스맨Bojack Horseman〉을 보고 있다. 넷플릭스에 공개된 시즌을 죄다 보았지만 아마도 계속 보게 될 것 같다.

보잭은 한때 유명 시트콤에 출연한 배우다. 스탠딩 코미디를 하던 그는 시트콤 하나로 단박에 성공했지만 이후 줄곧 실패했다. 철 지난 스타여서 그가 마음대로 할 수 있는 게 얼마 없고 마음대로 했다가 그나마 잘되던 일을 망쳐버린 적이 많다. 감당하지 못하는 순간이 닥치면 보잭은 언제나 도망치는 쪽을 선택한다. 그는 곁에 있는 사람에게 고약한 말로 상처를 주고 자신의 뜻을 이루려고 다른 사람을 조종하고 모략을 꾸미는 일도 마다하지 않는다.

보잭은 그렇게 살아온 결과로 망한 사람이기도 하지만 스스로 망쳐가는 사람이기도 하다. 어떻게 보면 그는 자신의 행복을 방해하려고 사는 사람 같다. 인생을 어떻게 꾸려야 할지 알(것 같)지만 제대로는 모르고, 그나마 아는 것도 제대로 못하고 잘못을 바로 잡고 사과하고 싶지만 그러는 대신 죄책감을 감추려고 더 심술맞게 구는 사람이 보잭이다.

한편으로 그는 더 나아지려고 끊임없이 애쓴다. 우정을 생각하고 호의를 베풀며 잘못한 일은 잘도 반성하고 원치 않는 일이어도 다른 사람을 배려해 결정을 내리기도 한다. 다정하고 마음 깊은 말을 할 줄 알고 진심으로 다른 사람을 끌어안기도 한다.

그럴 때 보잭은 확실히 이전보다 나아진 듯하고 이후로 그의 인생이 달라지지 않을까 기대하게 되지만, 그때뿐이다. 통찰과 성찰 후에도 그는 변함없이 형편없다.

나아지는 채로 인생이 계속되지는 않는다. 인생에는 나아지는 순간이 있지만 그 순간이 짧다는 게 문제다. 각성과 반성이 삶을 바꾸지는 못한다. 그 후에도 인생의 실패는 여전하다.

깨닫고 자책하고 새 삶이 열리기를 기대하지만 유감스럽게도 그 순간만 그렇다. 삶은 부메랑처럼 언제나 돌아간다. 자기만 알고 상처를 주고 망쳐버리는 데 익숙한 바로 그 순간으로.

보잭은 혼자 그 순간으로 가지 않는다. 그에게는 언제나 술이 있다. 술은 거부하는 법이 없고 상처를 주지도 않는다. 상처를 받지 않으므로 죄책감을 가질 필요도 없다. 원하는 대로 마시면 된다. 무엇보다 술을 마시면 잊을 수 있다. 실수, 망쳐버린 관계, 상처받은 사람들이 잊혀진다. 스스로에 대한 실망을 견디려면 마시는 수밖에 없다. 일단 술에 취하면 술 말고 다른 문제는 찾기 힘들어진다. 술을 마시는 자신이 유일한 문제가 되기 때문에.

그런 보잭에게 친구인 다이앤은 "당신은 좋아질 수 없어요. 나쁘지 않으니까요"•라고 말해준다. 처음에 다이앤의 말은 위로처럼 들리지만 되새길수록 어쩐지 낙담하게 된다. 좋아지려는 핑계로 더는 나쁘게 굴지 말라는 뜻 같아서다. 다이앤의 말처럼 보잭은 특별히 나쁘지 않고 특별히 선하지 않다. 그저 보통의 우리와 다를 바 없이 간혹 어리석어 나쁘고 대체로 선량하다.

보잭을 좋아하지 않기란 너무 힘들다. 이런 인물이 나와 영 다른 사람인 척하기도 힘들다. 언제나 이런 사람을 좋아하고 애틋하게 여기고 그들의 행복을 기원했지만 그들은 결코 행복해지지 않는다. 그들은 그저 몰락을 향해 내달린다.

• 표시는 〈보잭 홀스맨〉에서 인용.

10

'몰'(沒)은 흔히 약력에 쓰이면서 죽음을 뜻하는 말이 된다. '몰락' '몰사' 같은 명사는 다분히 비극적 뉘앙스를 풍기고 '일몰' '전몰' '침몰' '함몰' 등의 낱말에서는 사라지거나 없어져버린다는 의미가 담긴다. '전혀 없음'의 뜻을 더하는 접두사가 되어 '몰염치'나 '몰상식' 같이 듣기만 해도 불쾌한 낱말을 만들기도 한다.

'몰닉' '몰두' '몰입' 같이 다분히 정신적 집중도를 드러내는 낱말로도 쓰이는 걸 보면 뭔가에 '빠져 있는' 상태는 죽음이 처한 상태와 매우 유사하다는 생각이 든다. 중독은 그런 것이다.

존 치버의 「헤엄치는 사람」이라는 단편은 어느 화창한 일요일, 이웃집에서 눈을 뜬 네디가 헤엄을 쳐서 집에 돌아갈 계획을 세우는 것으로 시작된다. 네디는 그러기 위해 거쳐야 할 수영장과 수로를 아내 이름을 따서 '루신다'라 이름 붙이고 가상의 경로를 따라 집으로의 여정을 시작한다. 여러 주택의 수영장을 거쳐야 하는 과정이다 보니 계속 이웃들과 조우하게 되는데, 그들의 느닷없는 홀대와 방어적인 태도 혹은 동정어린 말투로 인해 네디가 그간 이웃에게 평판을 잃어왔음을 어렵지 않게 짐작할 수 있다.

여정 도중 날씨는 급작스럽게 변하여 어느새 춥고 서글픈 늦가을 정취를 풍긴다. 헤엄을 치기에 적절치 않은 날씨임에도 네디는 끝내 여정을 포기하지 않고 드디어 오랫동안 방치되어 쇠락해버린 자신의 집을 마주한다.

이미 소설 중반부터 네디를 대하는 이웃들의 태도나 한때 연인이었던 인물의 적의를 통해 그가 일찌감치

파산하였으며 돌이킬 수 없는 중독자임을 짐작할 수 있지만, 그걸 알아채는 것이 이 소설의 비밀은 아니다. 이 소설에 만약 비밀이 있다면 네디가 스스로의 인생에 작별인사를 보내고 있다는 점이고 더 나아가 그가 이미 죽은 사람일지도 모른다는 점이다.

네디와 보잭에게 그간 무슨 일이 있었기에 이 지경에 이르렀느냐고 묻는 것은 무의미하다. 네디와 보잭은 삶을 살아온 결과로 어쩌다 보니 술병 뒤에 숨은 처지가 된 것뿐이다.

12

처음에는 누구도 문제를 알아차리지 못했을 것이다. 이상하다는 생각이 들 즈음에는 보잭처럼 동료의 목을 힘껏 조르거나 네디처럼 벌거벗은 것이나 다름없는 차림으로 휴일 대낮의 도로에 서게 될 것이다.

그러고 보면 보잭은 언제나 삶을 다시 시작하고 싶어 했다. 다른 지역으로 도망가버리거나 다른 직업을 찾아보려고 했다. 평생을 배우로 지낸 보잭이 생각하기에 '연기'란 바로 그런 것이다. '모든 걸 뒤로하고 완전히 새로운 내가 되는 것'* 말이다.

재활원 입소를 기점으로 보잭은 새로운 자신이 되고자 여섯 달 간 한 방울도 마시지 않고 버텨낸다. 이제야말로 새 삶이 시작된 듯 싶지만, 그가 이미 뒤로했다 여기는 과거의 삶에서 저지른 잘못과 실패는 사라지지 않고 희미해지지도 않는다. 삶에 매복해 있다가 가장 연약한 지점을 뚫고 언제든 터져나올 것이다. 아마도 그것으로 보잭이 마주한 새 삶이라는 것이 이전 삶의 여러 결과 중 하나일 뿐, 조금도 다르지 않다는 걸 알게 되리라.

새로운 삶이란 애당초 없다. 중독자여서 삶이 그리 가혹한 것은 아니다. 술을 마시건 아니건 우리는 잘못을 저지르고, 사랑하는 사람을 상처 입히고, 실수를 감추고 싶어질 것이다. 용케 술과 약물을 접한다면 그것으로 가벼운 위로의 나날을 보내겠지만 얼마 지나지 않아 더한 수치를 느끼고 만회하고자 애쓰다가 이내 실패할 것이다. 그건 (술을 마시거나 마시지 않는) 우리의 잘못이 아니다. 삶은 애당초 그렇게 생겨먹었다.

그러므로 우리에게는 안식처가 필요하다. 위로와 변명거리도 필요하고 하소연할 곳도 있어야 한다. 네디와 보잭에게는 그게 술이었을 뿐이다. 누군가에게는 게임이고 도박이고 카드고 약물이고 쇼핑이듯이. 다정히 마음 둘 곳을 찾아서, 자꾸 실패하는데 누구에게도 말하고 싶지 않아서, 잘못을 돌이키고 자책하고 싶지 않아서, 사랑하는 이에게 상처를 준 게 미안해서 술을 집어든다. 특별히 의지가 약해서가 아니라 마음의 방식이 그렇다.

하지만 술이 아니라면 사람들은 도대체 무엇으로 견딜까. 비중독자인데다가 간헐적 음주인으로서 이런 질문은 농담이 되기 십상이니 질문을 바꾼다면, 사람들은 삶이 주는 공허를 무엇으로 견딜까.

성실히 살아왔지만, 원만하고 무탈하고 무해한 사회적 존재로 지내왔지만 '결국은 아무것도 없단 걸 깨닫게'* 되는 순간, 무엇에 의지하고 어디에 숨을까.

중독자란 허약하고 우울한 심약자가 아니라 일찌감치 그 사실을 깨닫고 마음과 몸을 무엇에 의지할 것인지 간파해버린 사람을 일컫는 말이 아닐까.

한 번도 뭔가에 깊이 빠져본 적 없고 별 기대 없는 미래를 내팽개쳐 본 적 없는 나로서는, 판에 박힌 동일한 나날을 성실하고 근면하게 수행해온 나로서는, 자신을 망칠 것을 알면서도 기어이 빠져드는 충동과 마음의 쓸모를 영영 알아차리지 못할 것이다. 그런 채로 결국은 아무것도 아닐 게 자명한 삶을, 이미 망친 듯한 삶을 지나치게 제정신으로 혹독하게 살아가게 될 것이다.

• 표시는 모두 〈보잭 홀스맨〉에서 인용.

조금씩, 행복해지기 위하여

—

조해진

나는 술에도 농담에도 재능이 없다. 주량은 평균 이하이고
내 농담은 대개 믿기지 않을 만큼 재미없다. 그래도 술은 자주
마시고, 마시는 데 별다른 능력이 필요하지 않지만 농담은
잘하는 방법을 도무지 모르겠다.
내게는 농담이 거짓말의 동의어가 아니라 진담의 다른 버전일
뿐이니까, 내 농담에는 코미디가 없고 대신 진담을 솔직하게
전할 수 없을 때의 얄궂은 가벼운 척만 있으므로.
술과 농담에 관한 내 작은 역사는 시시할지 모른다

시시한 것…….

물론 나는 이제 그런 나이이다. 아무리 지루해 보이는 삶이어도
그 이면에는 크고 작은 파도가 일고 있다는 것을, 어느 때는
세상 그 누구보다 불행해지기고 하고 또 어느 때는 지상의 것
같지 않은 행복을 향유하기도 한다는 것을 아는 나이…….

그러니, 어쩌면 지금 나는 인생의 리듬에 대해 쓰려 하는
것인지도 모르겠다.

과실주 N잔

내 삶의 첫 번째 술이라면 투박한 꽃무늬가 음각된 유리병, 입구를 막은 비닐봉지와 칭칭 감긴 노란색 고무줄, 그리고 주황색 플라스틱 뚜껑이 차례로 떠오른다. 정작 유리병 안에서 발효된 과일의 종류라든지 발효 기간은 기억하지 못하면서 29년이 지난 지금도 그 유리병만큼은 선명하게 묘사할 수 있다는 게 신기하다. 하긴, 그 시절엔 거의 모든 집에 담금주가 있었으니 기억 속 그 유리병은 내가 유년시절 내내 보아왔던 모든 과실주 유리병들의 총합이자 평균인지도 모르겠다. 열여섯 살의 우리들—두 명의 Y와 나는 새벽에 까치발로 방에서 나가 거실 진열장에서 그 유리병을 통째로 가져와선 컵에 따라 한 잔 두 잔 마셨고, 아니나 다를까, 내가 가장 먼저 취했다. 주당인 양 호기롭게 마시기 시작하지만 술자리 초반에 성급하게 취해버려 분위기를 난감하게 만드는 사람, 이미 그때부터 민폐형 캐릭터는 완성됐던 모양이다.

1991년 초여름, 나는 열여섯 살이었다. 사실 그날

은 내게 역사적인 날이었다. 생애 첫 외박이었고 첫 파티였으니까. '파자마 파티'라는 말이 없던 시절이었지만 그때도 아이들은 중간고사나 기말고사가 끝나면 서로의 집에서 작은 파티를 하곤 했다. 사전에 부모의 허락을 받고 방을 청소하고 간식과 음료를 준비하고 최애 가수나 배우의 사진들을 벽에 붙여놓는 절차를 밟으며 아이들은 비밀과 성장통을 공유했다. 대부분의 아이들이 초등학교 때부터 누렸던 그 밤샘 파티의 기회가 내게는 중학교 3학년 때에야 찾아왔던 건 내 외톨이 성향 탓이 컸다. 학창 시절 내내 외톨이었던 건 아니지만, 나는 외톨이에 대해 알 만큼은 안다. 외톨이는 대개 마음이 분주하다. 왜냐하면 외톨이인 걸 본인도 다른 아이들도 다 알지만 혼자 있는 모습이 눈에 띄면 서로 민망해지므로 외톨이는 최대한 투명해지기 위해 머릿속으로 끊임없이 동선을 짜는 것이다. 나는 외톨이었던 기간 동안 도시락을 빨리 먹는 방법을 터득했고 다른 아이들이 잘 다니지 않는 길을 열심히 찾아다녔다.

어느 날 신발주머니를 무릎으로 툭툭 치며 바닥에 시선을 고정한 채 혼자 집으로 가고 있는데, Y 중 한 명이 말을 걸어왔다. 우리는 나란히 함께 걸었다. 무슨 대화를 나눴는지는 잊었지만 Y1과 이야기하는 내내 배가 아프도록 웃었던 건 기억하고 있다. Y1이 마음에 들었다. 근사한 양옥집 앞에 서서 "우리집이야", 말한 뒤 "근데 이 쪽문으로 들어가야 우리집이야", 스스럼없이 덧붙이던 Y1이……. 우리는 자연스럽게 친구가 되었다. 며칠 뒤엔 Y1에게서 Y1과 이미 절친이었던 Y2를 소개받게 됐는데, Y1을 무게중심에 두고 나와 Y2는 가끔 불화하긴 했지만 그래도 우리는 열한 살의 어느 날, 영원한 삼총사가 되자고 서약했다.

Y들 덕분에 나는 오랜만에 외톨이 아닌 채로 학교생활을 할 수 있게 된 셈이다. 친구가 생기니 어디서든 든든하고 여유로웠다. 각기 다른 중학교에 올라가서도 Y들은 내 친구로 남아주었는데, 과실주 몇 잔에 흠뻑 취하고 나니 나는 새삼 그것이 고마웠다.

고마워서 훌쩍이다가 같이 있어서 좋다며 웃었고, 그러다가 갑자기 허리를 접은 채 끅끅 울기도 했다. "어른들 깨." "강아지들 짖으면 어쩌려고?" 당황한 Y들은 내게 물을 마시게 하기도 하고 등짝을 때리기도 했지만 롤러코스터를 탄 기분은 도무지 평균으로 맞춰지지 않았고, 나는 웃고 우는 걸 반복했다.

"나, 섹시해?"

그리고 뜬금없이, 나는 Y들에게 그렇게 물었다.

1991년에는 '섹시'라는 말이 굉장히 '까진' 어휘였다. 누가 봐도 소심한 중학생이었던 내가 그런 까진 어휘로, 게다가 전에 없이 귀여운 척까지 해댔으니, 그때 Y들이 지어 보이던 그 경악스러운 표정을 나는 충분히 이해한다.

삼십대 초반까지 우리는 종종 만나곤 했다.

내가 서른 무렵 등단을 하고 삼십대 내내 글쓰기와 싸우는 동안 Y들은 결혼과 출산을 통과했다. 삶의 공통분모가 조금씩 사라지면서 만남의 횟수는 줄 수밖에 없었고, 더욱이 삼십대 중반 때 별다른 예고도 없이 Y1이 캐나다로 이민을 가면서 나와 Y2도 자연스럽게 멀어지게 되었다. 딱 한 번, 캐나다에서 잠시 귀국한 Y1의 전화를 받은 적은 있다. 영하권의 추운 겨울날이었다. 커피숍에서 만난 그녀는 공항 면세점에서 사온 디올 립스틱 두 개를 내밀며 "네가 결혼을 안 해서"라고 말하곤 웃었다. 내가 결혼을 안 해서 축의금이나 돌반지 같은 걸 해줄 기회가 없었다는 게 멀어지고 나서야 새삼스럽게 마음에 걸렸노라고…….

그날 Y1은 내게서 이메일 주소를 받아갔다.

이메일 쓸게. 응, 꼭 써. 잘 살아. 참, 너 옷 좀 따뜻하게 입고 다녀, 애가 어떻게 시종일관 추워 보이냐? 내가? 그래. 아냐, 나 안 추워. 담에 귀국했을 땐 좋은 소식 많이 전해줘. 노력할게.

그런 시시한 대화를 나누다가 우리는 헤어졌다.

Y1에게선 메일이 오지 않았다.

이제는 더 이상 연락할 길이 없는 Y1, 그녀를 생각하면 그녀에게는 너무 커 보였던 회사 유니폼이 가장 먼저 떠오른다. 우리가 스무 살이 되던 해, Y1은 설탕과 밀가루를 팔던 회사—지금은 홈쇼핑과 엔터테인먼트 회사로 더 유명하다—에서 사회생활을 시작했는데, 수업이 없는 날 나는 그녀와 점심을 먹기 위해 그 회사가 있던 남영역 근처에 간 적이 있었다. 헐거운 유니폼을 입고 나타난 그녀는 점심을 먹는 동안 내게 언뜻언뜻 대학생활에 대해 물으며 호기심을 드러냈고 나는 어쩐지 숙제 검사를 받는 아이처럼 재깍재깍 대답을 해주면서도 무언가, 말로 설명할 수 없는 무언가가 못내 미안하기만 했다. 그러나 내 미안함이 그녀를 아프게 하리란 걸 알았으므로 나는 어떤 내색도 하지 않기 위해 애썼다.

어떤 무심함은 세월이 흘러서, 라는 말로는 변명이 되지 않는다. 상대의 서운함이나 아픔에 눈멀게 하는, 늘 너무 비대한 못난 마음 때문에 결국 멀어지기도 하는 것이다. 어쩌면 Y1을 마지막으로 만났던 그때 나는 무엇 하나 이룬 것이 없고 제대로 잘 살지 못하는 것 같은 내 초라한 현실을 감추고 싶어서 더 분명한 약속을 하지 못한 것인지도 모른다. 언제라도 훼손되거나 분실될 수 있는 종이에 이메일 주소를 적어주는 것, 적어도 그 이상의 약속을……. 이런 생각을 하고 있노라면, '타자'에 대해 소설을 쓴다는 세간의 평가가 나는 못내 부끄러워진다.

소주 석 잔

1995년, 스무 살, 바야흐로 나는 술을 마셔도 되는 합법적인 나이가 되었다.

대학 입학을 앞둔 2월 초엔 성당에 갔다가 얼결에 주일학교 교사로 영입되었는데, 성당 선배들은 그날 바로 나를 '이서방치킨'으로 데려갔고 양념 반 후라이드 반에 참이슬 세 병을 주문했다.

소주, 말로만 듣던 소주가 눈앞에 있었다.

선배들이 어떤 대화에 빠져 있는 동안 나는 내 앞의 소주잔을 말끄러미 내려다보다가 한 모금 들이켰다. 달콤하면서도 쓰고 쓰면서도 서늘한, 그야말로 어른의 맛……. 돌이켜보면 그때 나는 어른이 되고 싶어 조바심이 나 있었다. 어른의 피곤을 감당할 준비도 되어 있지 않았으면서, 되기 싫어도 어차피 될 수밖에 없는 게 어른인 줄도 모른 채 어른의 생각, 어른의 마음, 어른의 감정을 어서 빨리 경험하고 싶었다. 그 조바심에 떠밀리듯 나는 냉큼 소주 한 잔을 비웠고 누군가 새로 따라주는 소주를 공손하게 받은 뒤 또다시 한 번에 들이켰다. 내가 그렇게 연거푸 소주를 들이켜고 있는 걸 눈치챈 사람은 없었다. 화장하지 않은 얼굴은 점점 더 발개지고 있었겠지만 소주를 따라주었던 내 앞자리 선배—이제 나는 그의 이름과 얼굴을 기억하지 못한다—마저 내 상태를 자세히 살피지는 않았다. 그렇게 세 번째 잔의 소주까지 연거푸 원샷을 한 순간, 나는 다른 차원의 세계로 미끄러져 들어갔다.

붕괴하는 세계였다.

뿌연 형광등이 매달려 있던 천장이 갑자기 내 머리 위로 쿵 떨어졌고 바닥은 수직으로 솟구쳐 나를 덮쳤다. 어떤 거대한 손이 술집을 선냥갑처럼 들어서 흔드는 듯 술집 안의 모든 사물들이 붕 떠올라 헝클어지기 시작했다. 의자와 테이블, 컵과 접시와 포크가 한데 뒤섞이는 것만 같았던 어지러움…….

누구야? 누가 이렇게 술을 먹였어? 일단 바람 좀 쐬게 해. 선배들이 우왕좌왕하며 그렇게 한 마디씩 떠드는 소리가 어렴풋이 들려왔다. 나는 웃었다. 무방비하게 바닥에 쓰러진 채, 아마도 있는 힘껏 활짝. 누가 먹인 게 아니라 내가 마신 거라고, 나는 지금 기분이 날아갈 것처럼 좋다고, 아니 정말 날 수도 있을 것 같다고, 끊임없이 그렇게 생각을 이어가느라 저절로 웃음이 새어나오던 나를 누군가 부축해서 술집 밖으로 데려갔다. 술집 앞, 야외 손님을 받는 평상에 나는 곧 대자로 뻗었다. 세상이 내 것 같았고 사람들이 모두 내 편인 듯만 했다.

이상했다. 참 이상한 눈물이라고 생각하며 나는 볼을 타고 내려오는 눈물을 손바닥으로 쓱쓱 닦았다. 기분은 낯설도록 황홀한데 왜 눈물이 흐르는 건지 도무지 알 수 없었다. 지나가는 사람들이 한 번씩 쳐다보는 것이 느껴졌지만 내 의지와 힘으로는 평상에서 일어날 수 없었다. 그런 상태로 귀가는 어떻게 했던 것일까. 휴대전화가 없던 시절이니 그날 '이서방치킨' 화곡점 평상에 방전된 채 누워 있던 내가 귀가하는 과정은 분명 소란하고 복잡한 여정이었을 것이다. 아무려나 다음 날 나는 내 방에서 무사히 눈을 뜨긴 했다.

기억이 회복되자 창피함이 밀려왔고, 나는 어느 먼 산에 들어가 머리칼이라도 밀고 싶은 심정이었다. 이상한 하루였다고 중얼거리며 기억 속에서 그날을 지우려고 했지만, 거의 그럴 뻔했지만, 그 시절의 나는 이미 이상했고 이상할 준비가 되어 있었는지 처음 만난 자리에서 만취한 모습을 들키고도 스무 살 내내 성당 선배들과 술을 마시러 다니느라 내 발걸음은 분주했다. 학과나 동아리 모임에서도, 친구들과의 사적인 자리에서도, 이제는 왜 모였고 누가 모였는지 가물가물한 그 외의 수많은 술자리에서도 나는 가장 빨리 마시고 가장 먼저 취하는 취객1의 역할을 맡았다. 술자리가 좋았다. 내가 취한 모습에 웃어주는 사람들의 관심이 좋았고 취한 눈으로 사람들을 보면 모두가 애틋할 만큼 사랑스러워지는 것 역시 늘 좋았다.

스무 살에 시작된 만취 습관은 일 년 정도 계속되다가 스물한 살이 되자 그야말로 볕을 받은 눈송이처럼 녹아 없어졌는데, 그건 단지 한 살 더 먹어서가 아니라 어떤 허무의 집적 때문이었을 것이다. 테이블 위의 술을 몽땅 마셔버릴 수 있을 것만 같던 호기롭던 마음과 사랑이니 정의니 하는 아름다운 단어를 들으면 언제라도 거리로 뛰쳐나갈 수 있을 것 같던 그 간질거리던 마음은 술자리가 끝나면 순식간에 사라져버렸고, 귀갓길에선 예외 없이 허무가 찾아왔다. 이상한 걸 알면서도 이상하고 싶어 했던 스무 살은 그렇게 지나갔다. 솔직해서 풋풋했지만 돌아갈 수 없다는 게 미덕이기도 한, 단 한 번의 시절……. 솔직함의 시절, 가끔은 그립지만 돌아가고 싶지는 않은…….

와인 반병

와인에 맛을 들인 건 삼십대 중반으로 접어들면서부터였다. 좋아한다고 해서 잘 아는 건 아니다. 와인의 그 수많은 상표에 대해 내가 갖고 있는 지식은 제로라 해도 과언이 아니고, 내 둔한 혀는 오래 숙성된 와인의 귀한 맛을 음미할 줄 모른다. 내가 와인을 고르는 기준은 상표도 지역도 숙성 기간도 아닌, 편의점이나 마트 매대에 꽂힌 특가, 반값, 1+1, 이런 푯말들이다. 왜 비싸고 왜 좋은지 모르니 그저 가성비에 따라 와인을 고르는 셈인데, 아직까지 큰 불만은 없다.

와인은 따뜻해서 좋다. 대체로는 그냥 마시지만 가끔은 사과나 귤, 혹은 배와 통계피, 설탕을 넣어 끓여 마시기도 한다. 우리 집에 와본 몇 명의 손님들은 내가 만들어준 뱅쇼를 엄청난 요리라도 되는 양 칭찬을 아끼지 않으며 맛있게 마셔주었다. 우아한 와인잔을 모두 깨먹어서 어쩔 수 없이 투박한 컵에 따라준 뱅쇼인데도 그랬다. 손님(들)과 뱅쇼를 나눠 마실 때 나는 자주 웃고 많이 말한다. 그리고 가끔은 평소에는 잘 사용하지 않는 감정 형용사를 남발하기도 한다. 내게 와인은 그런 의미에서 온기의 술이다. 혼자 마시는 와인은 몸을 덥혀주어서, 함께 마시는 와인은 그 사람(들)과 나 사이의 서운하거나 서먹한 마음을 녹여주어서…….

그러나 와인은 소주와 달리 노련하고 침착하게 취기를 몰고 온다는 점에서 위험한 술이기도 하다. 소주는 애초에 취할 작정으로 마시기 때문에 마시면서 취하는 게 느껴지고 심지어 취할수록 의도대로 되어간다는 안도감마저 드는데, 와인은 달콤하고 따뜻해서 계속 마시다 보면 나도 모르는 사이 취해 있게 되는 것이다. 그 취기의 끝은 물론 이성의 상실이다. 다행히 삼십대부터 나는 대개 혼술을 할 때만 취하곤 했으므로 그 쓸쓸하게 우스꽝스러운 모습의 9할 이상은 내 기억 속에만 남아 있지만 말이다.

이틀에 한 병씩 와인을 마시던 시절이 있었다.

등단하고 7, 8년이 지났을 무렵이었다. 그 무렵의 나는 간절하게 원하던 대로 소설을 읽고 쓰면서 삶을 운영하고 있었지만, 기별 없이 찾아온 슬럼프는 그동안 애써 쌓아온 내 내부의 어떤 질서들, 돌탑 같기도 하고 계단 같기도 한 그 규칙적인 질서들을 무너뜨렸다. 실은 삼십대 내내 우울하긴 했다. 등단 초기엔 (작가로) 불러주는 이가 없어서, 등단하고 몇 년이 흐른 뒤엔 마감하느라 늘 너무 바빠서……. 상반된 이유로 우울했던 셈인데, 사실 그 이면에는 좋은 소설을 쓰고 싶다는 욕망이 똑같은 분량으로 내재되어 있었다. 그 욕망이 작품 발표라는 기회와 교집하지 못했을 땐 불안이 됐고 내 능력 부족으로 만족할 만한 작품으로 출력되지 못했을 땐 불만이 됐던 것이다. 욕망은 때로 아름답지만 필요 이상 부풀어오르면 탄내를 풍기며 터지고 만다. 그 시절 좋은 소설에 대한 욕망이 나를 살게 했지만 대신 다른 구체적인 삶의 감각을 나는 상실해가고 있었고, 그 감각을 되찾고 싶다고 생각했을 땐 아무도 곁에 없다는 절박한 외로움이 밀려왔다. 내게 슬럼프의 다른 이름은 외로움이었다. 와인 반병, 외로울 때 그 와인 반병은 내게는 항우울제이자 수면제였다. 그러니까 나는 내 슬럼프의 증상과 심각성을 주변에 알리거나 상담을 시도하지도 않은 채 그저 와인 반병을 마시는 것으로 견딘 것이다, 조금은 무식하게…….

물론 와인은 약이 아니기에 내 무기력증과 외로움과 우울함은 치료되지 않았다. 대신 와인을 마셔가는 날들이 쌓여가면서 그런 생각은 하게 됐다. 나는 글쓰기를 사랑하고 가능한 오랫동안 소설을 쓰고 싶은 사람이지만 삶은 그것만으로 채워질 수 없으며 그래서도 안 된다는 것, 더 많이 웃어야 한다는 것, 무엇보다 그때껏 나는 행복하지 않았다는 것을……. 행복을 고민하기 시작했다. 아니, 행복의 정의부터 나는 다시 생각해야 했다. 계급이나 직업, 성별을 기준으로 한 사회학적인 행복이 아니라 지극히 개인적인 행복을 말이다.

그때 내가 찾은 행복의 정의는 '식탁'이라는 사물이었다.

더, 더 많은 식탁을 향유하기 위해 나는 틈만 나면 밖으로 나가 누군가를 만나 저녁을 함께 먹기 시작했다. 좋은 사람(들)과 맛있는 것을 먹은 뒤 커피나 맥주를 마시는 식탁의 위로는 단순한 위로가 아니라 덧없음 위에 겹쳐진 위로이기도 했다. 소설을 쓰지 않고도, 먹고 마시고 웃고 떠드는 식탁의 시간만으로도 살 수 있다는 게 소설에 대한 덧없음을 키웠는데, 그 덧없음을 인정하고 나니 뜻밖에도 평점심이 찾아왔던 것이다.

언제부터 다시 쓰기 시작했던가.

삶의 큰 흐름이 바뀌는 기점은 사실 숫자로 표현할 수 없다. 슬럼프의 지속 기간은 얼마인지, 슬럼프가 시작된 날과 끝난 날은 몇 월 며칠인지, 그런 것은 기록할 수도 없고 의미도 없다. 당연하다. 슬럼프의 증상은 명백하게 시작되고 끝나지 않으니까, 무기력한 기간과 의욕이 솟구치는 기간은 교차하기도 하고 겹치기도 하니까. 슬럼프가 잦아든 시기는 알 수 없지만, 삼십대 후반이 지나고 또 몇 년 뒤 나는 '빛'의 감각이 투사된 새 단편집을 출간하면서 '작가의 말'에 "소설을 쓰는 내 삶에 고맙지 않은 적이 한 번도 없었다"라는 문장을 썼다. 진심이었다. 알게 되었기 때문에, 슬럼프 혹은 외로움의 시간마저 내가 선택한 내 삶이라는 것을, 행복하지 않다고 생각하며 온기를 나눌 수 있는 저녁 식탁을 찾아 헤맬 때도 나는 쓰고 싶은 문장을 떠올리곤 했다는 것을…….

빛의 소설집이 출간된 지도 이제 4년이 다 되었고, 지금도 나는 쓰고 있다. 다행이다, 그렇게 생각한다. 역시나, 여전히, 진심이다.

맥주 한 캔

사십대 중반이 된 요즘의 나는 적은 양이지만 꽤나 규칙적으로 술을 마시고 있다. 특별한 일이 없으면 밤과 새벽 사이에 꼭 맥주를 한 캔이나 두 캔 마시는데 오래전의 내가 예상하지 못했던 음주 형태이긴 하다. 주량이 거의 늘지 않았다는 것, 그리고 혼술을 즐기게 되었다는 것, 이 두 가지 면에서. 한때는 술이 아니라 술자리를 좋아했으니까, 술자리에서 선배들은 술은 늘기 마련이라고 말했고 나 역시 그 말을 굳게 믿었으므로.

내 음주 형태에 대해서라면 '그까짓 맥주 한두 캔'이라는 반응을 보이는 사람들이 대다수겠지만, 사실 중요한 건 주종이나 주량이 아니라 규칙성이라고 나는 생각한다. 물론 컨디션이 유독 안 좋은 밤이거나 마침 냉장고에 맥주가 없는데 그렇다고 새 맥주를 사러 편의점에 갈 의욕은 생기지 않는 새벽에는 맥주를 '쉬기도' 하지만, 그런 날은 한 달에 닷새도 되지 않는다. 적은 양이어도 거의 매일 마시는 습관은 잠재적 알코올 의존증이라는 기사를 읽은 뒤엔 잠시 맥주를 끊은 적이 있긴

하다. 그때 내가 끊으려 했던 건 '알코올'이 아니라 '의존증'이었다. 나는 무언가에 의존해야 생존할 수 있는 나약한 유형의 인간은 되고 싶지 않았다. 특히나 그 기댐의 대상이 문학이나 사람이 아니라면, 기껏 기호 식품이라면 더더욱 그랬다.

알면서도, 금주 시도는 번번이 실패했다.

'그까짓 맥주 한두 캔'이어서 지레 투항한 건 아니다. 맥주를 안 마시면 손이 떨린다든지 잠을 못 자서는 더더욱 아니다. 다만 그 시간이 좋아서다. 책상 위 전등을 켜고 노트북을 열어 전원 버튼을 누르고 진공관 스피커에서 음악이 흘러나오기를 기다리는 동안 냉장고에서 꺼낸 차가운 맥주 캔 뚜껑을 열 때, 딱 소리와 함께 맥주 향이 맡아질 때, 투명한 유리컵에 맥주를 따를 때, 거품이 차올랐다가 꺼지는 모양을 지켜볼 때, 맥주 한 모금을 들이켠 뒤 화면이 켜진 노트북에서 작업 중인 파일을 불러올 때 나는 행복하다. 살아 있다는 감각에 대한 욕망이 그 무엇에도 의존하지 않으려는 욕망을 이긴 것이라 해도 틀린 말은 아닐 것이다.

그러니, 혼자 맥주를 마시는 나를 궁상맞게 보지도 말고 말리지도 말길…….

어쩌면, 이 부탁이 내가 가진 가장 순도 짙은 농담인지도 모르겠다.

나는 하루 한두 캔의 맥주에 자족하는 사람으로 나이 들어가고 있지만, 예외는 있다. 하나의 관계가 끝났을 때, 혹은 서로 충분했다고 느끼며 아름답게 이별하는 순간이 결국 부재하는 장면 속에 묻힐 때, 나는 다시 취할 때까지 마시게 된다. 아니, 취하기 위해 마신다고 해야 더 정확한 표현일 것이다. 그럴 때 선택되는 주종은 늘 소주였다. 안주는 따로 챙겨 먹지 않았고 소주를 '마시는'(이라고 쓰고 '꼴깍꼴깍 들이켜는'이라고 기억한다) 장소는 철저하게 혼자 있을 수 있는 곳, 내가 사는 집이었다. 그렇게 취하고 나면 잠이 쏟아졌다. 취한 채 하루 종일 잠을 자는 방식으로 나는 한때 내게 소속됐던 사랑, 혹은 우정의 감정을 증류시켰다.

그런 밤들, 그러니까 소주 한 병을 원샷에 가깝게 들이켠 후 긴 잠을 자는 횟수가 서너 번 반복되면 아픈 마음은 조금씩이나마 희석되어갔다. 멀어진 사람에게는 한 번도 뒤늦은 타전을 보낸 적이 없다. 그저 기다렸다. 스스로에 대한 미움이랄까 환멸이랄까, 그런 형태의 마음이 후회나 그리움을 대체하며 정세된 소금처럼 남게 될 때까지. 타인보다 내가 먼저 스스로를 다치게 하는 그 방식이 나는 더 편했다. 어느 시인은 이별도 능력이라고 썼는데, 그렇다면 이런 나는 이별의 능력이 있는 사람일까, 없는 사람일까. 아마 없는 쪽에 훨씬 더 가까울 것이다. 나는 아주 소중했던 소수의 사람들을 살아오면서 거의 대부분 놓쳐버리고 말았지만 적어도 이렇게는 말할 수 있다. 잊을 수 있을 것 같아도 잊히지 않고 때로는 잊고 살다가도 불쑥 떠오르는 기억들을 가만히 두는 것, 그것이 지나간 사람에 대해 내가 취할 수 있는 예의의 최대치이자 한계라고.

소설을 오래 쓰다 보니 집에서 읽고 쓰는 시간이 길다. 저녁과 밤 사이엔 한 시간 정도 산책을 하고 동네 단골 커피숍에서 하루는 아메리카노, 하루는 라떼, 또 하루는 따뜻한 밀크티나 허브차를 마시며 책을 읽거나 작업을 마저 하고 귀가하곤 하며 또 어느 날은 먼 곳까지 가서 영화나 전시, 공연을 본 뒤 좋은 사람과 따뜻한 저녁을 먹기도 하지만, 그래도 내 삶의 반경이 평균 이하로 좁다는 건 분명하다. 어쩌면 내가 술을 마시는 건 그래서일지도 모르겠다. 술을 마시면 내 삶의 반경 너머까지 상상할 수 있고 잠시 잊혔던 기억은 새삼스레 선명해지기도 하므로……. 상상과 기억의 영토에는 끝이 없고, 나는 언제나 그곳을 푸른 바람이 일렁이는 보리밭을 가로지르듯 지나가곤 한다.

태어나 처음 술을 마셨던 열여섯 살로부터 29년이란 세월이 흘렀지만, 맥주 한 모금을 마시고 눈을 감으면 그 맛도 모른 채 과실주를 홀짝거리던 그때의 내가 선명하게 그려진다. 체화하지도 못할 소주를 겁 없이 들이켠 뒤 정연했던 마음의 질서를 끝내 스스로 무너뜨리곤 했던, 이제는 도무지 내가 품을 수 없는 솔직함으로 웃거나 울곤 했던 스무 살의 나도…….

앞으로 나는 몇 년이나 더 맥주(간간이 와인)를 마시게 될까. 비록 그 기간이 내가 기대했던 것보다 짧더라도, 알 수는 있다, 술을 양껏 마신 뒤 세상에 건네게 될 마지막 농담이자 진담에 대해서라면 말이다.

그러나 아직은, 그 말을 밝힐 수 없다.

술과 농담의 시간

—

김나영

술의 술, 농담하는 농담.
술과 농담의 공통점은
자체적으로 동어반복이
가능한 말이라는 것이다.
자웅동체, 자생, 자가증식.

처한 곳과 취할 곳

언제나 취해 있어야 한다. 모든 것이 거기에 있다. 그것이 유일한 문제다. 그대의 어깨를 짓누르고, 땅을 향해 그대 몸을 구부러뜨리는 저 시간의 무서운 짐을 느끼지 않으려면, 쉴 새 없이 취해야 한다.
그러나 무엇에? 술에, 시에 혹은 미덕에, 무엇에나 그대 좋을 대로. 아무튼 취하라.
그리하여 때때로, 궁전의 섬돌 위에서, 도랑의 푸른 풀 위에서, 그대의 방의 침울한 고독 속에서, 그대 깨어 일어나, 취기가 벌써 줄어들거나 사라지거든, 물어보라, 바람에, 물결에, 별에, 새에, 시계에, 달아나는 모든 것에, 울부짖는 모든 것에, 물어보라, 지금이 몇 시인지. 그러면 바람이, 물결이, 별이, 새가, 시계가, 그대에게 대답하리라. "지금은 취할 시간! 시간의 학대받는 노예가 되지 않으려면, 취하라, 끊임없이 취하라! 술에, 시에 혹은 미덕에, 그대 좋을 대로."
– 샤를 보들레르, 「취하라」

보들레르의 유명한 산문시 「취하라」는 "취하라"라는 문장으로 시작하고, "쉬지 않고 취하라! 술이건, 시이건, 선이건, 그대가 좋아하는 것에"라는 문장으로 끝난다. 두 번의 '취하라'라는 명령문, 그리고 그 사이에 놓인 술과 시와 선과 '그대가 좋아하는 것'이 주는 울림은 결코 단순하지 않다.

무엇보다도 술과 농담은 서로 연결되어 있다. 여기에 동의하지 않는 사람은 거의 없지 않을까. 술을 마실 때, 취기가 오른 심신의 상태와 술자리에 둘러앉은 사람들이 만들어내는 분위기, 그 속에서 농담은 셀 수 없이 피어오르고 사라지고, 다시 피어오른다. 알코올이 공기 중에 섞여들고 흩어지듯이, 말들은, 의미가 있든 없든, 그 자리에 섞였다가 풀어지기를 반복하며, 보이지 않는 자취를 남기며 사라진다. 그렇다. 무언가를 남기며 사라지는 것, 사라지면서 남겨지는 것, 그것이 술과 농담의 공통된 존재 양태가 아닐까.

농담은 주로 말하는 사람의 의도와 의식이 개입된 것으로 판단할 것인가 아닌가를 따지게 되는데, 실은 듣는 사람의 입장에서 그것을 어떻게 받아들이는가가 더 중요하다. 말의 맥락이라는 것. 사회적인 맥락, 역사적인 맥락, 문화적인 맥락, 젠더적인 맥락, 말하는 사람은 알고 듣는 사람은 모르는, 혹은 듣는 사람은 알지만 말하는 사람은 미처 모르는. 그런 무수한 경우와 경우의 교차로를 통과해서 말은 한 사람과 또 다른 사람들을 연결한다. 그 연결의 방식에 '농담'이라는 제목을 붙이기 위해서, 그것을 농담으로 치부하기 위해서, 그런 판단을 하기 위해서 필요한 조건이나 기준은 무엇일까를 생각하다보면 자연스레 금세 증발하는, 하지만 날카롭고도 묵직하게 새겨져 언제라도 기억 속에 되살려 낼 수 있을 법한 어떤 분위기를 떠올리게 된다.

그러니까 술도 농담도 무거운 일상을 가볍게 만들어주는 것이지만 우리는 그들을 결코 가볍게 치부할 수는 없다. 비워내고 비워내도, 아니 비워내려는 마음을 먹을수록 채워지고 무거워지는 것이 인생일까. 아무런 목표나 바람 없이, 무언가를 가지려는 욕심 없이 살 수 없는 걸까. 어느 경우에도 우위를 가리고 수시로 그것을 확인하는 것이 목적이 되지 않을 수는 없을까. 해소되지 않는 의문을 마음 한 구석에 구겨 넣은 채로 하루하루를 반복하다 보면 자연히 마주하게 되는 게 술과 농담이기도 하다. 술을 마시고 우리는 구겨진 마음을 괜히 펼쳐보고 안타깝게 매만진다. 수없이 주고받는 말들 중에서 한순간 우리가 함께 웃음을 터트리게 되는 말이 있고, 그렇게 농담은 그 말의 내용보다는 그것이 나와 너를 통하게 했다는 이유로 값진 것이 된다. 스스로 밀어냈던 나의 한 부분을 마주하고 수많은 이유로 미뤄뒀던 관계의 회복을 마련하는 자리에 술과 농담이 있다.

그러나 겉으로 보기에는 왁자지껄한 소란과 소동 와중에서만 마주할 수 있는 것 같은 술과 농담은 소리도 기척도 없이, 우리의 가장 깊은 곳에, 그 심연의 심중에 있는 무엇을 건드릴 때에만 그 존재를 발휘한다. 이유야 셀 수 없겠지만, 아니 별 이유 없이 마시는 경우가 훨씬 많을 수도 있겠지만, 많은 이들은 '자기가 지금 처한 기분'을 더욱 누리고 싶어서 술을 마신다. 즐거우니 더 즐겁고자, 슬프니 더 슬프고자, 행복하니 더 행복하고자, 괴로우니 더 괴롭고자. 그러고 보면 술은 감정의 처소를 확장하고 과장하고 연장하여서 결국 그 감정의 최대치에 이르고자 하는 욕망을 돕고 부추기고 끝내는 저마다가 아무것도 없던 무위의 자리로 돌아가기를 꿈꾸게 한다. 이유야 셀 수 없겠지만, 아니 별 이유 없이 하는 경우가 훨씬 많을 수도 있겠지만, 많은 이들은 '너와 나의 연결 고리'를 확인하고 싶어서 농담을 한다. 다시 말해 우리가 우리라는 이름에 함께 속해 있다는 것을, 나타났다 사라지는 무지개처럼 직관적이고 순간적인 이 관계를 이루 말하겠다는 듯이 말이다. 그렇기에 대부분의 농담은 이전의 어느 때를 회상하게 하고, 이후의 어느 때를 예상하게 하는 방식으로 지금을 환기한다. 너와 내가 공유한 사소하고 개별적인 경험을 전제하는 동시에 너와 내가 함께 속하게 되는 공동체의 형상을 그려 보여주는 과정을 통과해서 다시 지금이라는 가장 생생하지만 가장 막막한 역설의 느낌으로 돌아왔을 때 우리는 허무와 기대가, 비관과 낙관이 뒤섞인 웃음을 터트리게 되기도 한다.

보들레르의 말마따나 달아나고, 신음하고, 뒹굴고, 노래하고, 말하는 모든 것 속에 술과 농담의 시간이 있다. 거듭 '지금 몇 시냐고' 묻고 답하게 되는 과업의 일상 속에서 그 한편에 자리하고 있는 술과 농담의 시간을 보고 듣고 말할 수 있다면 됐다. 충분하다고 말할 수는 없어도 그것으로 됐다고 말할 수는 있을 것 같다. 시계와 함께 바람과 파도와 별과 새가 있는 곳이라면 그곳에 나도 있을 것이기 때문이다. 당신도 그러기를 바란다. 누군가가 짜놓은 시간표만이 아니라 원하는 음악을 들으며 좋아하는 차 한 잔 마실 수 있는 여유도 있는 곳을 당신의 집으로, 직장으로, 삶의 터전으로 취하라.

술자리

처음으로 술을 마신 날을 기억할 수 있을까. 마셨다는 말보다는 먹었다는 말, 머금었다는 말이 더 어울릴 것 같은 한때를 기억의 한 조각처럼 간직하고 있긴 하다. 여전히 유교 문화가 지배적인 한국에서 나고 자란 사람이라면 제사 후에 상에 올렸던 술잔을 돌리며 참석한 사람들이 잔에 담긴 술을 한 모금씩 나누어 마셔본 경험이 있을 것이다. 이른바 음복(飮福)이라는 것. 복을 마신다. 한입에 다 털어 넣어도 한 모금밖에는 되지 않을 그것을 여럿이 나누느라 목구멍으로 넘어가는 게 느껴지지 않을 정도로, 거의 입술을 적시는 정도로만 마시게 되는 복, 술. 이제와 생각해보아도 이해가 되지 않는 것은 아무리 혈연관계라고 하더라도 그렇게 잔 하나를 돌려가며 얼마 되지도 않는 액체에 입술을 함께 담그며 뭔가를 더 나누었어야 했을까. 아무튼 내가 기억하는 첫 술은 음복이라는 관례를 통해서 마신 것이고, 엄밀하게 말해 그것은 술을 마신 것도 아닌 것이어서, 내 첫 음주의 장면은 이토록 흐지부지하다.

세상 모든 일들이 내 마음을 한 번쯤 통과하고 지나가는 것처럼 느끼던, 예민함의 극치에 있던 십대에 나는 학교 기숙사에서 삼 년을 살았다. 출산과 육아를 경험하기 전에는 이때가 내 인생에서 가장 치열하게 살았던 시기라고 믿었다. 그건 내 의지와 무관한 일이기도 했고, 또 어느 정도는 내 의지가 개입한 일이기도 했으므로 그때의 치열과 치기, 그리고 그 모든 시간에 관한 추억도 이제와 보니 또한 흐지부지하다. 슬픔이라고만 할 수 없는 슬픔, 분노라고만 할 수 없는 분노, 외로움이라고만 할 수 없는 외로움. 어떤 감정이든 그 감정으로 이를 수 있는 최대치를 경험하면서도 겉으로는 태연한 척, 별일 없는 척, 괜찮은 척, 아무렇지 않은 척 살았던 시기였다. 모르긴 해도 지금 내 성격이 잔잔한 표면과 그에 반해 요동치는 심연으로 구성된 이유 중 많은 부분이 이 시기에서 왔으리라. 많이 울고 많이 웃었고, 그보다 울지도 웃지도 못하는 마음을 속으로 많이 삼켰던 그 시절, 동아리 방에서 마셨던 한 컵의 백세주를 잊을 수가 없다. 수능 시험을 100일 앞둔 날, 동아리 선배들이 모교에 방문해서 후배들을 챙겨주는 이벤트를 학교 차원에서 연례행사처럼 했었는데 내가 속한 동아리 선배들은 떡도 엿도 아닌 술을 들고 우리를 찾아왔던 것이다. 동아리실 바닥에 하나의 원을 그리고 둘러앉아서 과자 몇 봉지를 펼쳐두고 긴장한 손으로 선배가 따라주는 그 맑고 빛나는 액체를 종이컵에 받아서 마셨다. 쓰고 달고 시큼하고 매운 것 같기도 했고, 홀짝 홀짝 마시다보니 그 맛은 혀가 아니라 코에서, 코가 아니라 눈에서 느껴지는 것 같기도 했고, 어쩐지 사람들의 얼굴이 모두 웃기고 슬퍼 보였다. 하지만 선배는 선배, 후배는 후배여서 끝까지 긴장을 놓을 수 없었던 그 시간 동안에 나는 또 아무렇지 않은 척하면서 종이컵 절반 분량의 액체가 사람의 몸 안으로 들어가면 그 몇 배의 양으로 되돌아 나올 수도 있을 것만 같다는 생각을 꼭 붙잡고 있었다. 100일 후엔 자유라니, 왜 우리는 지금 자유로울 수 없는 거지, 그런데 자유 뭘까. 그랬다, 나는 웃기게도 그때 마신 그 맑고 밝은 액체 덕분에 한껏 슬펐던 것 같다.

100일이 지나고, 또 100일 정도가 더 지나서 나는 더 이상 서수로 헤아릴 수 없는 술을 만나게 되었다. 대학에서 만난 선배들은 학교의 전통, 학과의 전통, 수많은 전통을 외쳐가며 수업도 듣지 않고 수업을 들으러 가는 후배들을 곁에 주저 앉혀가며 막걸리 통을 비워내는 사람들이었다. 처음에는 멋도 모르고, 주제도 모르고 선배들이 주는 대로 그것을 받아 마셨는데, 그러다 배탈이 나고, 밑도 끝도 없이 인생의 허무를 느꼈으며, 무엇보다도 술자리 자체에 재미와 의미를 알지 못하게 되었다. 내 인생에서 가장 강력했던 음주의 경험은 짧고 굵게, 하지만 그토록 흐지부지 일단락되었다.

그 이후에 술을 전혀 마시지 않은 것은 아니나, 기이하게도 나와 술이 만났던 역사는 거기까지 적을 수 있을 것 같다. 이후에 내가 마신 것이 정말 술이라 하더라도, 이전에 마셨던 것은 술이 아닌 다른 무엇, 복이라든가 기원이라든가 전통이라든가 강압이라든가 다른 말로 불러야만 하는 것인지도. 하지만 역설적이게도 내 음주의 기억은 그렇게 흐지부지한 상태로만 남은 세 개의 조각으로 만들어진 꼴이고, 말하자면 하나의 삼각형 밑변의 두 꼭짓점에 두 개의 또 다른 삼각형을 붙여 만든 큰 삼각형의 모양이다. 그러니까 삼각형 세 개가 만들어낸 더 큰 삼각형의 형상이어서 그 가운데가 삼각형 모양으로 뻥 뚫려 있다.

그 뚫린 자리는 마치 블랙홀 같다. 그 외의 모든 음주의 기억이 까맣게 지워지고 되살릴 수 없는 차원으로 이동한 것만 같다. 필름이 끊어질 정도로 술을 마셔본 적은 한 손에 꼽을 정도라는 것을 강조할 필요가 또한 있겠다. 술을 마셨던 기억이 없다는 것은 술자리에 대한 기억이 없다는 말과 다르다. 어느 시점 이후의 음주는 대개 일상적인 경험의 일부분이었으므로 특별하게 여길 만한 명목이 그다지 없다는 말이다. 누구와 함께 마셨고, 무슨 대화를 나누며 어떤 상황에서 마셨는지는 기억할 수 있으나 그 기억들에서 술에 방점이 찍힐 만한 게 없다. 기억에 태그를 붙일 수 있다고 해도 #술 #음주 #술마시다 #술마신날 #술술 이런 식은 아닐 것이다.

말하자면 술과의 관계는 현재진행형이고 끝을 알 수 없을 정도로 편안하고도 부담 없는 사이라고도 할 수 있겠다. 당신과 술의 관계도 그렇다는 것을 나는 알고 있다. 우리는 이미 항상 '술이 있는 삶'을 살고 있고, 때로는 여러 가지 이유를 대며 술의 자리에 저녁이라든가 주말이라든가 취향이라든가 다른 것들을 가져다 놓아보기도 하지만, 술을 대체할 수 있는 것이 과연 없다는 것을 모두 알고 있다.

왜냐하면 우리는 모두 복잡하기 때문이다. 대부분의 술은 술술 넘어가면서 그때의 복잡한 감정과 생각을 함께 이동시킨다. 내 안에서 밖으로, 현재에서 과거로, 과거에서 미래로. 그렇게 이곳을 무겁고 복잡하게 만드는 무엇을 이곳에서 저곳으로 옮기는 단순한 힘으로 술은 우리를 잠시나마 가뿐하게 있을 수 있도록 한다. 울고 싶으면 울고 웃고 싶으면 웃는 아이처럼, 자기가 세상의 중심이 되어서 별 눈치 보지 않고 떠드는 아이처럼 단순해질 수 있게 한다.

기억 운운하면서 평상시에는 별로 생각하지도 않는 것인 양 말했지만 실은 수일 중에 어느 하루, 하루 중에 몇 시간 술과 만나게 될 때를 늘 고대한다. 아니, 언제 어디서 누구와 함께 만나면 최선일지를 언제나 노리는 중이라고 말하는 게 더 정확하겠다. 호시탐탐 계속되는 이 관계, 어느 정도의 적당한 거리를 유지한 채 하나가 다른 하나에 상처 받지 않도록 조심하면서 지속되는 이 관계에 빗댈 수 있는 게 과연 있을까.

내 경우에는 음주에 대한 기억을 통해서 내가 행복한 인생을 살아왔다고 자부하게 된다. 내가 술을 마셨던 때의 대부분은 축하할 일이 있거나 기념할 일이 있어서 흥겹고 즐거운 분위기였고, 그 속에서 절친한 사람들과 어울리며 '음주가무'라는 말보다 인생의 인과(因果)를 잘 표현하는 말이 또 있을까를 생각했을 정도이니 말이다.

임신을 하고 남편과 내가 주고받은 처음의 대화도 술과 관련한 것이었다. 임신테스트기를 처음 써본 그날 밤, 그렇게 단번에 선명한 두 줄이 나타날 줄 몰랐던 나는 자고 있던 남편을 흔들어 깨웠다. "이것 좀 봐, 큰일났어." 아닌 게 아니라 그날 낮에 우리 부부는 친구의 결혼식에 참석했다가 피로연 자리에서 수많은 맥주잔을 비웠던 터였다. 다음 날 날이 밝자마자 산부인과에 전화를 걸어 진료를 예약하고 며칠 후 의사를 만나자마자 우리는 "괜찮겠죠?" 하고 물었고 의사는 '아기가 생긴지 알지 못할 때 마신 술은 괜찮다'며 과학적인 근거도 어떤 논리도 없는 말로 우리를 안심시켜줬다. 그 위로가 얼마나 터무니없는 것인지 모르지 않으면서도 얼마나 고마웠던지.

세상 모든 술이 축배처럼 느껴지던 시간을 지나와 엄마가 된 이후 내게 술은 말 그대로 기호식품이 되었다. 늦은 저녁을 먹으며 한 잔, 아기를 재워두고 기진맥진한 몸으로 한 잔. 일상적으로 한 잔 또 한 잔을 거듭하면서 이상하게 더욱 갈증이 생겨버린 것 같다. 술이 일상적인 것이 되어버려서 정말로 특별한 날을 기념하고 싶을 때나 약간의 취기를 빌려서 자신을 포함해 모든 사람들을 관대하게 바라보고 싶을 때 그 바람이 잘 통하지 않게 된 것이다. 그런데 한편으로는 술이 내게 주는 일상적인 기분과 기운이 나쁘게만 여겨지지는 않는다. 앞으로 내게 오는 어떤 행운에 감사하고 마음껏 기뻐하고 싶을 때, 오지 않았으면 하지만 한 번쯤은 겪게 될 불운에 의연하게 대처하고 금방 잊고 싶을 때, 그때에도 술은 지금처럼 그 모든 일들을 일상적인 것으로 여길 수 있게 해주겠지 싶기 때문이다. 그것이 일상인 듯 누릴 때 행운은 배가 되고, 그것이 일상인 듯 누릴 때 불운은 사소해질 것이다.

술을 이야기하는 자리에서는 언제나 삶이, 인생의 행과 불행이 거론되기 마련인가보다. 술을 마시는 사람들은 들뜨기도 하고 가라앉기도 하며 그 자리에서 삶의 부침을 다시, 반복해서 경험하기 때문일까.

천사들은 술을 가리지 않아요. 모든 술에서 공평하게 2퍼센트를 마시죠. 사람의 인생에서 자기도 모르는 사이에 증발되는 게 있다면, 천사가 가져가는 2퍼센트 정도의 행운 아닐까요. 그 2퍼센트의 증발 때문에 스스로 불행하다고 생각하는 사람들이 의외로 많은 것 같군요.
– 은희경, 「중국식 룰렛」 중에서

소설을 읽으면서 술을 마시고 싶다는 마음이 생겼던 적은 처음이었다. 「중국식 룰렛」을 채우고 있는 것은 온갖 종류의 위스키가 가득한 작은 공간에서 튤립 모양의 위스키잔을 채우고 비우고를 빠르게 반복하며 알게 모르게 공기 중에 퍼진 은은한 위스키의 향이다. 마셔보지 못했으니 당연히 그 맛도 알 수 없지만, 어쩐지 벌써 알고 있을 것만 같은 그것을 맛보고 싶은 충동이 이 이야기를 단숨에 읽게 만든다. "위스키는 숙성시키는 동안 매년 2퍼센트에서 3퍼센트 정도가 증발하죠. 그걸 '천사의 몫'이라고 해요"라는 부분을 읽고 나서 한동안 어디에 가든, 무엇을 보든 2퍼센트에서 3퍼센트 정도일 '천사의 몫'을 생각했다. 그것은 어떤 상실, 유실, 증발, 휘발, 혹은 그 모든 후회해봤자 소용없는 것들의 몫일 수도 있으리라. 아니면 살면서 내가 운 좋게 가진 것들, 그것들을 갖기 위해 알게 모르게 내가 잃은 것들의 이름일지도. 그러니 '천사의 몫'은 결국 잃었지만 잃은 줄도 모르는 것이기도 하고, 아이러니하게 잃었기에 얻게 된 무엇이기도 하다.

소설로 다시 돌아가보자. '나'와 그의 친구 K, 그리고 K에 의해 선택된 손님인 '검은 테 남자'와 '아르마니 청년'. 이 넷의 '진실게임'을 통해서 알게 되는 그들의 과거사는 꽤 비중 있게 쓰였으나 실상 이 소설에서 중요한 부분은 다른 데 있다. 당신이 언젠가 이 소설을 읽게 된다면 그들이 말하는 방식, 즉 각자가 자신의 과거를 기억하고 그 기억을 현재로 소환하는 일종의 고백을 통해서 결국에는 자신과 상대에게 얼마만큼 진실할 수 있는지를 자문자답하고 있다는 것을 확인할 수 있을 것이다. 그러니까 진실에 있어서는 그것을 누구도 알 수 없다는 점이 중요하다. 여기에 더해 그들의 묻고 답하기가 따지고 보면 진실해야 하는 이유나 명목도 없는, 그저 하룻밤 게임일 뿐이라는 사실 또한 생각해볼 부분이다.

네 사람의 인생을 좌우할 만한 사건들이 '진실게임'이라는 하나로 뭉뚱그려진 이야기를 둔중하고 예리하게 치고 찌르지만 정작 남는 것은 문답이 오가는 동안 그들 사이를 채우는 위스키의 향이다. 그들의 입술과 식도와 위를 지나가는 위스키의 맛과 감촉이 그 인생을 형언하는 듯한 이야기라면 그들의 몸 안팎에서 퍼지고 스미며 그들을 감탄하게 하고, 의심하게 하고, 자조하게 하고, 원망하게 하는, 다시 말해 취하게 하고 말하게 하는 것은 위스키의 향취다. 보이지 않지만 가장 강렬하게 존재하는 것, 어디에도 가둬지지 않음으로써 그 대신 남은 것들을 다행으로 여기게 만드는 것. 이것은 좋은 소설을 읽고 나서, 때로는 마음이 통하는 것만 같은 대화를 하고 나서 느끼게 되는 여운 같기도 하다. 내가 음미한 것은 분명 일정한 시간을 빼곡하게 채운 듯한 묵직한 이야기들이지만 그 이후에도 내내 남는 것은 이야기를 음미할 때 내 곁에, 내 심중의 어느 결에 앉아 있다가 사로잡을 수 없이 사라진 것들과 그것들의 자취에 대한 그리움이다.

그것을 진실을 갈망하는 분위기라고 다시 말할 수 있을까. 술사리에서의 대화는 이 소설에서처럼 자주 '진실게임'의 형식으로 이어진다. 이 소설에서 기승전결의 '전' 역할을 하는 것 역시 K가 제안한 '진실게임'이다. 인물들은 이 게임에 동참하게 되면서 말을 삼키듯 술을 마신다. 다른 점이 있다면 일반적인 진실게임에서는 질문에 답을 하지 못할 때, 회피하거나 침묵을 선택하는 조건으로 술을 마시는 데 반해 이 소설에서는 질문을 받고 답을 하는 조건으로 술을 마신다. 물론 여기서 마시게 되는 술은 흔히 접하지 못하는 귀한 것이기 때문이기도 하겠지만, 이런 이유로 이 소설에서의 술은 진실게임에서의 〈진실＝말, 거짓(혹은 알 수 없음)＝침묵〉의 공식을 깨트린다. 술을 마셔야 하겠기에 어떤 말이라도 하게 되는 상황에서 진실게임은 그야말로 지독한 아이러니가 된다.

하지만 지나간 삶을 돌아보는 일에서라면 누구라도 아이러니를 경험하게 될 것 같다. 스스로 믿었던 것을 의심하고, 그 의심만으로도 새로운 무엇인가를 알게 된 것만 같은 도취에 사로잡히게 되며, 고백 아닌 고백을 끄집어내게 되는 게 그렇다.

언젠가 내가 경험했던 여러 번의 진실게임들도 빠짐없이 술자리에서였다. 듣고자 하는 욕망이 말하고자 하는 욕망을 부추기고, 그 끊을 수 없을 욕망의 작동은 술을 연료로 삼아 가능한 것만 같았다. 이제와 돌이켜보니 그 자리에서 내가 했던 말은 거의 절반만 진실이었고, 비로소 알게 된 것은 그때 내가 들었던 말 또한 거의 절반만 진실이었다는 점이다. 지금은 맞고 그때는 틀렸던 것처럼. 그때는 맞았지만 지금은 틀린 것처럼. 이제는 겨우 진실을 갈구하는 마음과 그 마음의 발현으로 빛나던 동석자들의 눈빛을 기억한다. 질문이 대답이고 대답이 질문이 되던 그 물색없고 기묘한 대화가 끊이지 않고 계속되기를 바랐던 혼몽한 새벽의 취기를 기억할 뿐이다.

돌이켜보니 술은 그것을 둘러싸고 앉은 사람들 '사이'를 확인하게 하는 매개였다. 내가 너에게 이만큼이나 진심이라는 것을 확인시켜주고 싶은 마음이 같이 마시고 또 홀로 마시게 했기에. 그때 마신 술은 벌써 내 몸을 떠나 지구상에서도 사라졌겠지만 그때 술을 마시게 한 그 마음, 혹은 '사이'에 고여 있던 에너지는 여전이 우주 어딘가를 떠돌고 있을 것이리라. 그렇게 생각하면 어쩐지 조금은 덜 심각하고 덜 진지하게 살아도 될 것 같다. 언제나 술에 취한 듯, 취하지 않은 듯, 진실인 듯, 게임인 듯 살아도 사라지지 않는 마음이 있을 것이기 때문이다. 그리고 그 마음은 기어코 주인을 찾아갈 것이라고도 상상해본다. 술은 사라져도 술을 마시게 한 두 사람이 남았을 때 그들을 그들이게 한 마음도 남아있다면, 모든 술은 결국 둘이 아닌 하나의 마음을 낳게 하는 요술이지 않을까.

전환의 힘

> 술이 인간에게 기여하는 것 중 가장 중요한 것은 기분 전환이다. 이 독약이 모든 사람에게 없어서는 안 되는 이유도 그 때문이다. 내생적으로 생겼건 아니면 유독성 물질의 힘을 빌려 생성되었건 상관없이, 유쾌한 기분은 억제하는 힘들을 줄이고, 억압이 무겁게 짓누르고 있던 쾌락의 원천에 다시 접근할 수 있게 한다. 분위기가 고양되면 농담에 대한 요구가 사그라든다는 것은 우리에게 많은 것을 시사한다. 다른 때에 억압됐던 쾌락이 가능한 분위기를 만들기 위해 농담이 노력하는 것처럼, 분위기는 농담을 대체한다.
>
> – 지그문트 프로이트, 『농담과 무의식의 관계』

이상하게도, 이상하다고 생각할 때 웃음은 갑자기 터져 나온다. 기대에 부응하지 않는 상황이라면 불편하고 불쾌한 감정이 생겨나는 게 당연할 텐데 웃음은 왜 거기에서 태어날까. 아마도 웃음의 주인은 그것이 연극인 줄 알기 때문이 아닐까. 우리는 인생은 단 한 번 뿐이라고 말하며 이 모든 것은 장난일 수 없다고 얘기하지만, 동시에 인생을 이루는 매 순간이 리얼하지 않다는 것을 알고 있다. 우리는 매 순간 우리의 의도대로 살지 못한다. 우리는 매 순간 리얼의 세계에 살고 있지 않다.

무대 위의 코미디언들이 사랑을 연기하다 돌연 서로의 뺨을 때리고 찬물을 끼얹고 총을 쏜다. 관객들이 빵 터진다. 그들에게 닥친, 그들이 연기하는 하나의 비극이자 희극에서 수많은 웃음이 탄생한다. 어렵지 않게 떠올릴 수 있는 그런 예시들을 통해서 우리가 실제 삶에서 얼마나 경직된 관념의 세계를 사는지, 주어진 대본을 소화하듯이 딱딱하게 사는지를 알 수 있다. 사랑을 나누는 사람들은 계속 사랑 속에 있고, 갈등 속에 놓인 사람들은 그 관계를 벗어날 수 없다고 생각한다. 때문에 사랑이 분노로, 미움이 애정으로 뒤집힐 때 사람들은 놀란다. 눈앞의 일들이 놀랍다기보다는 그 순간 자기가 틀렸다는 것을 확인하게 되기 때문이다.

개그맨의 말과 행동은, 그가 개그맨이기 때문에, 그가 서있는 곳이 무대이기 때문에 100프로 농담이고 장난일 것이라고 여겨진다. 아무런 판단 없이 그의 말과 행동을 받아들일 때 말이다. 하지만 조금만 더 생각해보면 우리는 알 수 있다. 무대 위에서 일어나는 일련의 일들은, 그의 말과 행동이 만들어내는 어떤 효과는 현실 속의 가장 리얼한 장면을 무대 위로 옮겨 왔기 때문에 가능해지는 무엇임을 말이다. 같은 일이 현실에서 일어났을 때 우리는 경악하지만, 무대에서 벌어질 때 우리는 웃는다.

이러한 메커니즘에서 관찰할 때, 무대와 객석이라는 거리감을 웃음의 조건으로 삼아볼 때 농담을 하고 웃는 상황은 어딘가 잔인하게 여겨진다. 다시 말해 '나와는 무관한 일'이라는 판단이 웃음을 결정하게 하는 것처럼 보이기 때문이다. 어떤 농담이 완성된 후 한순간에 터져나오는 것에 개입하는 판단과 결정은 숙고의 과정을 생략한다. 관성에 의한 것은 책임을 미룬다. 다들 그렇게 여기는 것에 대해서 비난하는 일은 어렵다. 그렇지만 하나의 농담이 수많은 웃음을 거느릴 때, 그 거대한 농담의 공동체 바깥에서 외따로 놓일 감정 또한 분명히 존재한다.

다들 웃는데 너는 왜 웃지 않니. 웃지 않아서 웃고 있는 사람들을 불편하게 하니. 좀 웃어라. 이런 지적을 오래 받아본 적이 있다. 까다롭고 예민한 애처럼 굴지 말라는 요구였겠으나 사실 나는 다수의 일원으로 존재할 때는 둔한 편에 가까웠다. 방금 우리를 훑고 지나간 그 말의 뉘앙스, 온도와 채도를 재빨리 알아차리기에는 내 관심이 다른 곳에 더 있었다고 할 수도 있겠다. 모인 사람들 가운데에서 자신이 사람들의 생각을 대변하는 양, 대개는 사람들이 눈치채지 못할 거라고 여기는 듯 미묘한 편 가르기와 아부를 더해가면서, 어느 정도의 다른 생각과 느낌을 무시하고 폄하하면서 웃음으로 동의를 구하는 듯한 농담의 생태에 체질적으로 거부 반응을 가졌던 것인지도 모르겠다. 어찌 됐든 그 모든 말의 내용과 형식보다도 말하는 사람의 입모양, 머리카락이 저마다 뻗은 각도, 불규칙적으로 움직이는 눈썹과 코의 모양 같은 것들이 더 흥미로웠던 나에게 수시로 날아오던 사람들의 농담은 일종의 강압처럼 느껴지기도 했으니 말이다. 그렇게 시간이 지난 후에는 실없이 맥없이 웃지 말라는 지적을 한동안 받기도 했다. 누가 무슨 말을 하든 추임새처럼 허허 하고 웃고 있던 나를 발견한 것은 다행히 그런 지적 덕분이지만, 그즈음 나는 조금 혼란스러웠다. 사람이 사람에게 웃으라고 말하고, 웃지 말라고 말하는 것은 왜일까. 아니 사람은 사람을 왜 억지로 웃기려 할까.

물론 그런 의문은 이내 속에서 지워지고 잊혀졌다. 그리고 이제는 나 스스로 억지로라도 웃으려는 사람이 되었다. 웃으면 복이 온다든가, 웃어서 웃을 일이 생긴다든가 하는 말을 믿어서가 아니다. 길지 않은 삶에서 내가 만난 귀중한 사람들은 모두 다른 사람을 웃게 만드는 사람이라는 것을 경험으로 알게 되었기 때문이다. 그들의 농담이 상대방에 대한 애정과 존중의 면에서 백프로 진심이라는 것을 알아차렸을 때, 웃음은 되돌려주는 것이라고도 배우게 된 것 같다. 진담과 진심을 가장한 그럴 듯하고 길고 진지한 이야기를 들을 때보다 돌멩이 하나를 던지는 듯한 농담 한 마디가 침울한 내 기분에 유쾌한 파문을 일으킬 때가 더 많았던 것도 사실이다. 나를 향한 위로 앞에서 전자의 경우는 어떤 대답을 할지 어떻게 반응해야 할지 생각해야 했지만 후자의 경우에는 그저 웃음이 터져 나왔으므로. 판단하지 않고 받아들이게 되는 말에는 아마도 마음에 관한 숙련된 기술과 깊은 이해가 있을 것이라고 믿는다. 잘 빚어진 농담이 그렇다.

물론 어느 감정이 해소되기 위해서는 그 감정을 자유롭게 풀어낼 필요도 있다. 하지만 어느 정도 풀어내고 난 다음에는 전환의 시간 또한 반드시 필요하다. 슬픔을 겪으면 울고 불며 후회하고 원망하고 후회하는 시간을 또한 겪어야 하겠지만 한 사람을 계속 그 시간 속에 혼자 내버려 둘 수는 없다. 그 한 사람을 위하는 다른 한 사람이 나서서 슬픔이 아닌 다른 감정으로, 가능하다면 남은 슬픔을 중화시킬 만한 기분 속으로 그를 데려가야 한다. 결혼을 하고 나서 비로소 부모로부터 독립을 한 것만 같은 어설픈 기쁨에 사로잡혀 있던 어느 날 밤 엄마에게서 전화가 걸려왔고 외할아버지가 돌아가셨다는 소식을 전해들었다. 그로부터 한 달도 채 지나지 않아서 갑자기 외할머니가 돌아가셨다는 전화를 받았던 날을 잊을 수가 없다. 뚝뚝 끊어지던 엄마의 문장, 우는지 아닌지 알 수 없던 호흡. 순식간에 온 몸의 피가 식어버리는 것 같던 그때의 그 느낌. 무슨 말을 더 할 수도 없고 그대로 통화를 끝낼 수도 없던 그 시간. 몇 분이 영원 같던 그 아득함에 대해서라면 여전히 몸이 먼저 반응한다. 말 그대로 무조건 내 편이었던 두 사람을 잃은 슬픔은 너무나도 컸지만 엄마도, 나도, 그리고 가족 모두는 며칠 울고 난 다음에는 최선을 다해 울지 않으려고 했다. 실없는 농담을 하고 같이 있는 동안이라도 서로를 웃게 해주려고 애썼다. 자꾸만 집에서 나왔고, 소풍을 가서 물장난을 치며 깔깔대고 웃고, 서로가 웃는 모습을 사진으로 남기고, 맛있는 것을 찾아다니며 먹었다. 그 특별한 상실과 이동, 누구나 겪어 봤고 겪게 될 죽음과 남겨진 삶의 모양에 대해서 여기서 굳이 되새겨 보는 것은 이곳에서 저곳으로, 하나의 감정 속에서 다른 감정으로 이동이 필요한 때는 그처럼 깊은 슬픔과 절망에 빠졌을 때이기 때문이다.

사회적으로 존재하기 위해서, 사회적인 인간성을 유지하기 위해서 자신을 억압하고 있다는 것은 모두에게 공평한 사실일 것이다. 그러한 억압이 있다는 사실을 확인할 수 있는 한 가지 경우가 농담이라고 말할 때 우리가 떠올릴 수 있는 일상적인 장면은 아마도 긴장을 풀(어주)기 위해서 '쓸데없는 말'을 주고받는 상황이 아닐까. 가령 시험이나 면접 같은 중요한 일을 앞두고 느끼게 되는 초조함은 더욱 더 그 일을 잘하기 위해 열중하는 것만으로는 해소할 수 없다. 몰입하고 있는 상황으로부터 스스로 빠져나오기 어려울 때, 누군가가 곁에서 던지는 가벼운 말 한 마디는 무겁게 내려앉기만 하던 생각과 감정을 한순간에 해방시켜준다. 곤란과 난처에서 자유로울 수 있는 길은 언제나 쓸데없는 것들의 개입으로 열린다.

예상치 못한 변화가 주는 고양감보다 고정된 값이 주는 안정감으로 자신을 이끌고 가기를 원하는 사람도 있을 것이다. 하루 일과를 정해두고 웬만해서는 그 루틴에서 벗어나지 않으려는 사람. 특히나 요즘처럼 뭐든 복잡하게 여겨지는 일상적인 조건들 속에서는 수많은 선택지 가운데 어느 것을 선택하고 그것에 집중하기까지의 과정이 너무나도 피곤하게 느껴지기 마련이다. 그러니 매 순간 어떤 새로운 선택을 하기보다는 자신에게 맞는 내용들을 배열하는 방식으로 일상의 형식을 꾸려나가는 것이 여러 모로 효율적일 수도 있겠다. 정해둔 시간에 일어나서 비슷한 방식으로 외출을 준비하고 정해진 규율이 있는 집단 내에서 정해진 임무를 성실하게 수행한 다음에는 예외 없이 집으로 돌아와서도 어제와 같은 방식으로 잠자리에 드는 일과를 보내는 것은 어쩌면 저마다 안심을, 혹은 평정심을 유지하는 방법이 아닐까. 여러 번의 시행착오를 거쳐서 나에게 가장 잘 맞고 의미 있는 선택의 내용들로 구성된 하루하루가 쌓이고, 그것이 최선의 삶인 것처럼 여겨질 수도 있다. 하지만 그런 삶이란 말만 들어도 너무나 따분하지 않나. 오늘이 어제와 같고 내일이 오늘 같을 그런 삶에서, 과거와 별 다를 것 없는 현재야말로 안정적인 미래를 보장한다는 이상한 믿음 속에서 계속 머무르겠는가.

바이러스라는 눈에 보이지도 않을 만큼 미세한 존재로 인해 일상에 균열이 생기고 다시 이전으로 돌아갈 수 없을 것이라는 비관과 공포가 인류를 잠식하고 있는 요즘, 사람들에게 필요한 것은 서로를 향한 따듯한 배려와 위로와 응원이고, 그것은 역설적이게도 서로에게 철저히 거리를 두는 일로 가능해졌다. 밤낮으로 뉴스를 확인하지만 아무것도 예측할 수 없는 불안만이 지속될 뿐이다. 누군가는 이럴 때일수록 더욱 더 철저하게 생활 지침을 세우고 지켜야 한다고 주장하지만 그런 경직되고 확고한 말이 아우를 수 있는 삶의 범위는 점점 협소해질 뿐이다. 다른 무엇으로 대체되지 못하는 주장은 그 이외의 것을 생각하는 사람들에게는 공허한 울림처럼 여겨질 뿐이기 때문이다. 1년도 넘게 계속되고 있는 코로나 사태로 사람들은 벌써 많이 단단해졌고 또한 많이 무뎌졌다. 바이러스의 위협에 대응하는 방법에는 숙련되었으나 마음의 위기에 대처하는 일에는 점차 지치고 허약해지고 있다. 우리는 잘 이겨낼 수 있다는, 공허한 메아리 같은 캠페인이 아니라 겉으로는 별 문제 없이 지내는 듯 보여도 속으로는 깊이 무너진 사람들을 잠시나마 웃게 하는, 숨 쉬게 하는, 안도하게 하는 농담 아닌 농담 같은 말이 필요하다.

의미로 가득한 때일수록 무의미한 것들의 목록을 잃어버리지 말아야 한다. 쓸데없게 들리는 말들을 기억하고 쓸모없어 보이는 것들을 지키는 일은 지금으로선 거의 모험이나 실험에 가까워 보인다. 그렇지만 어떤 심각한 상황에서 그 사태의 어려움을 해소할 만한 고민과는 전혀 무관해 보이는 말과 행동이 오히려 사람들의 사고와 심리를 개방하고 확장하고 유연하게 만들어 생각지도 못했던 해결책을 찾기도 하지 않나. 실없는 농담은 실질적으로 어떤 해결책을 주지 못하더라도 적어도 우리가 웃는 그 잠시나마 숨통을 트이게 해주는 역할을 감당할 것이다. 아무 뜻 없어 보이는, 그 순간에 나타났다 사라져버리는 말과 행동처럼 보여도 그것이 이완해 놓은 당신의 뇌와 심장의 근육은 이전보다 유연하게 이후의 일들을 처리하게 될 것이다. 중요한 일을 처리해야 할 때, 심각한 고민에 빠져 있을 때 아무 생각 없이 SNS 안에서 떠다니듯 시간을 보내기도 한다. 시간이 없을수록 더 시간을 낭비하는 꼴이다. 마음은 조급해지고 자괴감이 들기도 한다. 하지만 책상 정리를 하려다 오래된 편지 뭉치 같은 것을 발견하고는 아예 주저앉아 본격적으로 추억에 빠져들게 되듯이, 그 시간을 통과하고 나면 시급하고 어렵게만 여겨졌던 것들이 그저 사소하고 가벼운 일이 되기도 하듯이 그렇게 현실의 중력을 거스르는 일은 현실을 더욱 잘 살기 위해서라도 필요한 일이지 않을까.

사회적인 인간으로 존재하기 위해서 자신을 억압하는 나를 돌아보는 일이 이토록 구태의연해서야. 내가 좋아하는 것들을 더 챙기지 못했던 것, 내 바깥을 내면보다 더 의식하고 살았던 것을 뒤늦게 후회하고 있다는 말을 참 지루하게도 늘어놓은 꼴이 되었다. 하지만 이런 구구절절 구태의연한 마음을 거쳐야만 도달할 수 있는 상태가 있다는 것을 사람들은 모르지 않는다. 여유만만의 상태라고나 할까. 괜히 옆사람에게 실없는 농담

한 마디를 툭 던질 수도 있을 것 같은 가벼운 마음 상태. 이것은 자신에 대한 구속 이후 그것을 스스로 깨닫고 후회한 다음에야 비로소 누리게 되는 온전한 자유의 기분이기도 하다. 하지만 때로는 누군가가, 혹은 어떤 시기가 바로 그 기분을 온전히 루저의 그것으로 치부하기도 한다. 마치 누구보다 열심히 잘 살다 갑자기 이유도 모르게 게을러진 사람의 해이함만을 탓하듯이 말이다. 팽팽하게 당겨진 줄을 언제까지고 당길 수만은 없다는 걸 모르지 않으면서도 사람들은 사람이 그렇게 열심을 다해서 하나의 방향으로 자신을 밀어붙일 수 있다고 말한다. 그러나 그럴수록 온전한 자유의 기분은 절실해지고, 일상의 관성을 무너뜨리지 않는 한에서 그것을 취하기 위해 사람들은 농담을 하거나 술을 마시거나 술을 마시며 농담을 한다. 확고하게 지켜온 자신을 스스로 내려놓고 그것의 생김새와 무게로부터 잠시나마 벗어나기 위해서 사람은 술과 농담 곁으로 간다. 구태의연할지언정 몇 마디의 농담과 맥주 한 잔이면 하루를 잘 마무리하는 듯하고 또 하루를 잘 살 수 있을 것만 같은 힘을 얻는다.

술과 농담만 없고
모두 있는 시간

> 농담에서 말하고자 하는 것은 항상 너무 소수의 단어들로 표현된다. 즉, 엄격한 논리학이나 일반적인 사고와 표현의 방식에서 볼 때에는 충분하지 않은 단어들로 표현된다. 결국 농담은 바로 말하려는 것을 말하지 않음으로써 전달하고 있는 것이다.
>
> – 지그문트 프로이트, 『농담과 무의식의 관계』

내가 경험한 술과 농담을 소개하고자 했으나 결국에는 내가 경험한 술과 농담에 '관한' 이야기를 하는 것에 그친 것 같다. 이제와 고백하건대 나와 술과 농담은 그다지 친연성이 없는 관계다. 나는 술과 농담을 좋아하지만, 그들의 자유분방함이 나에게는 부족하다고 해야 할까. 마음을 쉽게 놓지 못하는, 하루의 대부분을 경직된 상태로 보내는 나에게 유일하게 자발적으로 자신을 풀어놓을 수 있는 시간은 오로지 잠을 청할 때인 것 같다. 일단은 자자, 걱정은 자고 일어나서. 이런 마음으로 잠자리에 눕더라도 쉽게 잠에 들지 못하는 것도 나에게 술과 농담의 성격이 부족해서라고 생각한다.

어느덧 28개월째 육아를 하고 있는 나에게 육퇴 후의 맥주 한 캔이 지상최대의 행복과 안식이었던 때가 있다. 과거형으로 쓸 수밖에 없는 이유는 그 시기를 보내며 복부지방이 눈에 띄게 늘어버려서 지금은 '육퇴 후 맥주타임'을 잠시 쉬고 있기 때문이다. 잠을 자지 않으려고 버티는 아기와 어떻게든 재우려는 나의, 육체적인 동시에 심리적인 전쟁이 막을 내리고 나면 몸도 마음도 기진맥진해지고 우울감과 갑갑함이 밀려든다. 아니 파도가 밀려오듯 오는 게 아니라 그런 기분은 해일처럼 덮쳐온다고 하는 게 더 맞겠다. 그렇게 뭔가 좋지 않은 상태에 처하게 되면 나를 위로해주는 남편의 어떤 말과 행동도 해변의 모래알, 조개껍데기와 돌멩이처럼 느껴질 뿐이다. 좋아하는 감자 과자 한 봉지를 뜯고 선물 받은 유리컵에 시원한 맥주를 따른다. 식탁 등을 켜고 그 아래 우두커니 앉아서 아무 생각도 하지 않고 그것들을 흡입하다보면 금세 모든 것이 바로 보이는 시간이 온다. 캄캄하게 나를 휘감고 놓아주지 않던, 무엇이라 형언하기 어려운 것으로부터 놓여난 것 같은 해방감을 느끼면 그제야 커다랗고 선명하게 보이는 예쁜 돌멩이와 빛나는 모래알이 있다. 그러면 나는 그 돌멩이 곁에 가 스르르 누워본다.

오래 자주 생각한 것은 바로 그런 것들이다. 맥주를 마시고 취기가 오른 상태에서 비로소 내 앞에 앉은 사람과 예쁜 돌멩이 같은 것을 주고받을 때의 내가 진짜 나일까. 아이의 말과 행동이 가진 어쩔 수 없는 부족과 서두름과 서투름을 있는 그대로 받아들이면서, 그러니까 참고 또 참으면서 나의 본연인 듯 혹은 나의 밑바닥인 듯한 것을 스스로 마주하는 때의 내가 진짜 나일까. 아니면 이 두 개의 시간을 곱게 갈고 흔들어 섞어야만 나라고 할 만한 사람을 만날 수 있을까, 그도 아니라면 이토록 정신없이 사는 와중에 나는 대체 어디에 있는 걸까.

어릴 때부터 진지함의 대명사였던 나는 어느덧 심각한 건 딱 질색이라고 말하는 어른이 되어 있다. 여전히 그렇게 살지는 못하지만 심플 앤 이지를 삶의 모토로 삼게 된 닳고 닳은 삼십대 후반의 사람이 되어 있다. 맛도 없고 속도 나빠지는 술을 왜 즐기는지 모르겠다며 명랑하게 지껄이던 스무 살의 나는 냉장고 속 맥주 캔만 봐도 흐뭇한 미소를 짓는 곧 마흔 살의 내가 되어 있다. 나처럼 일과 육아를 모두 포기할 수 없어서 매일을 극심한 피로와 스트레스 속에 살면서도 저녁이 되면 아기 사진과 영상을 보면서 행복과 고마움에 몸서리치는 엄마들과의 대화는 이제 너무나도 소중한 내 일상의 부분이다. 육아 동지로서 우리는 그 어떤 중요한 정보를 공유하거나 하루 간의 자책과 반성을 토로하는 때에도 유머를 잃지 않으려 서로 노력한다. 농담만을 한다는 게 아니라 농담을 주고받듯이 진담을 나누는 사이라고 해야 할까. 거의 농담인 것처럼 보이는 대화 속에 숨겨진 진담을 알아차리는 것, 하지만 드러내놓고 알겠다고 말하지 않는 것, 숨겨진 것은 더 숨겨주고 밝혀진 것은 더 밝혀주는 것. 이런 이상한 문법이 존재하는 세계가 있다는 것도 이제는 안다. 그러고 보면 그 어느 때보다 지쳤을지언정 조금은 더 멋진 때를 보내는 중인 것도 같다.

술과 농담에 관해서라면 당연히 나보다도 훨씬 더 전문적인 지식과 풍부한 경험을 가진 사람들이 많을 것인데, 하는 생각이 글을 쓰는 내내 온몸을 경직되게 했다. 머리는 안 돌아가고 손가락은 더디 움직이고, 뭐든 잘 먹고 소화시키는 내가 종종 체기를 경험하기도 했으니. 하지만 모든 글은 각자의 자리에서 쓰이는 법이지, 하는 마음으로 기운을 냈다. 이왕에 사족처럼 덧붙이는 말이니 조금만 더 해보려 한다. 갑분에(필로그) 모드라니 너무 많이 나갔나 싶기도 하지만, 뭐 어때, 하는 심정으로 계속 써본다. 봄이면 결혼한 지 10년이 된다. 내가 태어나 가장 잘한 일, 나를 태어나게 해주셔서 부모님께 가장 고마운 일은 매일 내 곁에서 나의 (사소한) 음주와 (농담 같지 않은) 농담을 지켜주는 두 남자를 만나게 것이다. 모든 부정적인 생각을 긍정으로 되돌릴 수 있는 근거인 두 사람 곁에 있는 한 나는 지금처럼 마시고 떠들고 잘 먹고 잘 살 수 있을 것 같다. 이 이야기를 하기 위해서 먼 길을 돌아온 느낌이다. 앞에서 말했던 '한 사람과 다른 한 사람의 일', 서로에 대한 깊은 애정과 신뢰가 있어야만 작동하는 그 전환의 힘에 대한 믿음에 대해서 말이다.

단 한 번 본

—

한유주

이것은 내가 마시지 못한 개의 이야기,
그럼에도 불구하고 마실 수밖에 없었던
꿈에 관한 이야기, 그리고 꿈에서도
취하지 못했던 이야기다.

한때는 바에서 술을 마시기도 했다. 가끔 가는 곳이 있었고, 한 달에 두 번 정도 혼자 가서 위스키 석 잔을 마셨다. 왜 늘 석 잔이냐고, 주인이 물어본 적이 있었다. 뭐라고 대답했는지는 기억나지 않는다. 석 잔 정도라면 값을 치를 수 있기 때문에? 석 잔 정도라면 취하지 않고 돌아갈 수 있기 때문에? 그런데 한번은 반병 정도를 마셨다. 그 바에는 주인과 직원 두 사람이 일했다. 그중 한 사람이 언니와 함께 가나 대통령 경호원으로 취직했다며 위스키 한 병을 샀다. 나를 제외한 사람들은 모두 일하는 중이었으므로 결국 내가 가장 많이 마실 수밖에 없었다. 당시 나는 5층 건물의 5층에 살고 있었다. 계단을 한참 올라 마침내 현관문을 열었는데, 집이 아니라 밤이 있었다. 검고 맑은 밤하늘에 별빛이 가득했다. 나는 문고리를 붙들고 한참 서 있었다. 왜 밤하늘이지. 어째서 서울의 밤하늘에 별이 저렇게 많은 거지. 꿈일까. 시간이 지난 후에야 옥상 출입문을 열었다는 것을 깨달았다. 비틀거리며 한 층을 내려와 현관문을 열자 밤이 아니라 어둠이 있었다. 그 바에는 점차 가지 않게 되었다. 이유는 잘 기억나지 않는데, 태권도를 전공하고 자매가 나란히 가나 대통령궁에서 일하게 된 바텐더와 더는 얘기를 나눌 수 없게 되어서, 혹은 석 잔 이상을 마시게 되어 술값을 감당할 수 없게 되어서, 아니면 바가 아예 사라졌기 때문일 것이다. 그 바에 점차 가지 않게 된 후로, 점차 혼자 마시게 되었을 것이다. 석 잔 이상을 마시게 되었을 것이고, 점차 마시는 양이 늘었을 것이다.

언젠가 스콧 피츠제럴드의 단편집을 읽었다. 『비 오는 날 아침, 빠리에서 죽다』라는 제목이었다. 몇 번의 이사를 거듭하는 동안 책이 사라져 확인하기 어렵게 되었지만, 책에 실린 단편들 중에서 하루에 한 번 양을 정해두고 위스키를 마시는 인물을 다룬 이야기가 있었던 걸로 기억한다. 내가 그 소설을 읽었던 건 이십대 초반이었고, 마신 양보다 마셔야 할 양이 많을 나이였다. 하루 석 잔의 위스키는 삶을 저지하는 동시에 죽음을 유예한다. 하루 석 잔의 위스키는 꿈을 꾸게 하는 동시에 꿈을 잊게 한다. 하루 석 잔의 위스키는 아무것도 아니다. 원한다면 한 시간에 석 잔씩 하루 종일 마실 수도 있다. 나는 밖에서는 취하지 않는다. 그때는 밖에서 취했다. 당신이 지금 뭘 읽고 있는지 모르겠다면, 그건 내가 취했기 때문이다. 거짓말이다. 취한 상태로는 아무것도 쓸 수 없고, 무엇보다 아무것도 읽을 수 없다.

나는 지금 서울 시내의 한 호텔에 와 있다. 이삿짐을 빼고 넣는 일정에 차질이 생겨서인데, 나쁘지 않다고 생각한다. 내가 묵는 호텔을 상공에서 내려다본다면 아마도 불가사리 형태일 것이다. 수직 미로처럼 연결된 엘리베이터들을 거쳐 방에 들어와 커튼을 걷었더니 다른 방 안이 내려다보인다. 누군가가 작은 책상에서 노트북 화면을 들여다보고 있다. 나는 커튼을 닫고, 누군가를 저격하기에 적합한 호텔이라고 생각한다. 혹은 저격당하거나.

하지만 남한에서 거물급 정치인도, 재벌 총수도 아닌 이가 저격당하기란 쉬운 일이 아니다. 그러니까 어떤 형태건 실물 총이 행하는 저격의 경우. 나는 꿈에서 누군가를 저격하려다 저격당한 적이 있다. 그 꿈에서 나는 알 수 없는 경로를 통해 북한으로 갔다. 평양이었다. 내 상식으로 북한은 남한보다 북쪽에 위치하는데, 평양의 도로변에서 종려나무들이 자라고 있었다. 어떻게 돌아가서, 고민하며 출신성분을 들키지 않으려고 조심스레 걷고 있는데, ATM부스가 나타났다. 달러와 위안, 둘 중 어떤 통화로 돈을 찾아야 할지 고민하다 아무 버튼이나 눌렀다. 기계 안에서 권총이 나왔다. 글록17이었다. 나는 총을 품고 부스에서 나왔다. 종려나무가 열 지어 늘어선 아름다운 길을 따라 걸었다. 총이 등장했다면 총알이 발사되어야 하지, 생각하면서 하염없이 걷다 국경선에 이르렀다. 체호프가 한 말이었는데, 그의 나라도 공산국가가 되었지. 현재는 아니야, 그러나 나는 현재 어디에 있는가. 음험한 시선들이 교차했다. 혹은 꿈의 주인인 내가 음험한 시선들을 교차시킨다. 누군가 말했다. 여기가 로도스다, 여기서 뛰어라. 나는 달리기 시작했고, 경비초소 사이렌이 울렸다. 그들이 발사했다. 총성이 울렸고, 그보다 먼저, 총알이 날아왔다. 등 뒤에서 일어나는 일이었지만 어째서인지 나는 총알의 경로를, 그것의 최종목적지를 알 수 있었다. 그리고 내가 미처 뒤를 돌아보기도 전에, 총알이 등을 파고들어 갈비뼈 사이를 비집었고, 마침내 나보다 먼저, 나보다 빠른 속도로 달려갔다. 나는 순식간에 검어졌고, 그림자가 되었고, 마침내 죽음이 되었다.

그렇게 짧은 위안이 찾아오는 법이다. 그러나 화폐가치가 절상되었는지 절하되었는지는 아무도 모른다. 실물 통화를 손에 쥔 적이 없기 때문이다. 나는 목동 사격장에서 실물 총을 쥔다. 나는 열 발을 쏠 수 있고, 총성이 울릴 때마다 잠시 뒤로 물러난다. 반동 때문이다.

나는 이 호텔에서 누군가를 저격하기보다 저격당하고 싶다. 그러나 커튼을 쳤고, 온통 커튼이고, 온통 어둠인데, 적외선이라도 발하지 않는 한 나는 안전하다. 이 어둠은 "방해하지 마시오"라는 사인과 더불어 아침까지 나를 지켜줄 것이다. 그렇다면 마셔야 한다. 논리가 보이는가? 내게는 보이지 않는다. 다만 마실 뿐이다. 스텝이 없어도 좋고, 달리지 않아도 좋고, 경로가 없어도 좋다. 침대 안이고, 커튼을 쳤기 때문이다. 어느덧 새벽이다. 나는 시계를 보지 않고도 정확한 시간을 알 수 있다. 새벽 3시 23분. 자동차 소리가 간헐적으로 들려올 뿐, 사위는 고요하다. 맑은 날이 이어지고 있고, 비가 올 기미는 없다. 나는 집이 아닌 곳에서 잠드는 걸 좋아하는데, 다음 날 직접 빈 병과 빈 잔을 치우지 않아도 좋기 때문이다. 내게는 늘 구실이 필요하다. "때문이다"라는 종결어미가 많이 등장하는 까닭은 내가 마실 구실을 필요로 하는 사람이기 때문이다.

하루치 마실 양을 정해둔다는 것이 의지가 사라졌기 때문인지, 파괴되었기 때문인지, 침식당했기 때문인지, 어제부터 취했기 때문인지, 혹은 여전히 의지라고 부를 만한 것이 남아있기 때문인지, 나는 모른다. 언젠가 한국에서 독일인 작가를 만난 적이 있는데, 그가 짧게 체류하는 동안 유일하게 습득한 한국어 문장이라고는 "나는 모릅니다"가 전부였다. 그는 무엇을 모르는가? 나를? 그러니까, 자기 자신을? 지구상에 존재하는 모든 언어로 나는 모른다고 말할 수 있다면, 아니다. 나는 그런 걸 바라지 않는다. 한 권의 책에서 기억나는 것이라고는 하루치 마실 양을 정해두는 알코올중독자가 전부였다는 게, 이제 생각해보니 의미심장하게 느껴지기도 한다. 내 할아버지는 삼십대에 심장병으로 급사했다. 나는 그의 얼굴을 본 적이 없고, 아마도 이름도 알지 못한다. 안 적이 있었으나 잊었다. 내 아버지는 그의 이름은 알고 있겠지만 얼굴을 기억하지는 않을 것이다. 나는 유전병과 심장질환의 상관관계를 검색해본 적이 있고, 삼십대를 넘기고 있고, 어느 정도까지는 현대의학의 수혜를 받을 것이다. 나는 백마흔세 살이 된 나를 본다. 그것은 웃고 있고, 취한 얼굴이지만, 추한 얼굴로 보이지 않으려고 애쓸 것이다. 그것이 눈에 띌 것이다. 누구나 알아볼 것이다. 지금 내가 알아보듯이.

사격장에서 내가 받은 최고점은 92점이다. 목표물은 생각보다 가깝거나 멀고, 총을 쏘고 있다는 사실에, 발사한다는 사실에, 총성이 울리고, 발사되었으며, 다시 한 번 발사해야 한다는 사실에, 그 모든 사실에, 사격장 이전과 이후의 사실들에 놀라는 사람들이 있을 것이다. 내 정신은 또렷하고, 그렇게 믿어야 하고, 지금 꿈속이 아니며, 목표물이 무기물이라는 것을 알고 있다.

할아버지에 관한 얘기는 전부 할머니에게서 들었다. 할머니는 십여 년 전 세상을 떠나셨고, 나는 할머니 얘기를 전부 듣는 둥 마는 둥 했으므로, 이제는 별로 남은 것이 없다. 그럼에도 불구하고 조각보를 잇는 이의 마음을 흉내 내어 조금씩 결합해본다면, 할아버지는 고등학교 선생이었고, 취미삼아 극장 간판그림을 여럿 그렸고, 절에 가서 며칠씩 단청을 칠하다 돌아왔고, 발명가였다. 이에 관해 아버지에게 묻자 그때는 누구나 조금씩 발명하며 살 수밖에 없었을 거라는 대답이 돌아왔다. 할아버지는 연고를 만들어 동네 아이의 귓병을 낫

• 일제시대 때 크림(cream)을 부르던 말.

게 했고, 할머니에게 구루무*를 만들어주었고, 마당 한 구석에 간이 양조장을 지었다. 그러니까 할아버지는 만드는 사람이었다. 할머니 말씀으로는 그때 할아버지가 만든 구루무 기술을 오늘날 용산에 거대한 사옥을 지어 올린 화장품기업 창업자가 사갔다고 했는데, 믿거나 말거나인 일이다. 어쨌거나 어렸을 때 나는 그 가상의 재산이 부러워 일부러 심통을 부린 적이 있었다. "좀 비싸게 팔지 그랬어." 할머니께서는 그런 게 가능했더라도, 아마도 너나 네 아비나 비싼 술 먹고 진작에, 그러니까 할아버지 나이에 못 미쳐 급사했을 거라고 했다. 나는 수긍했다. 심장병은 격세로 유선했다. 내가 아니라 내 사촌이었다. 그는 살았고, 나는 살아 있다. 아직까지 모두 살아 있다. 죽은 이들은 이미 죽었기 때문이다.

할아버지는 본 적이 없지만 작은 할아버지는 만난 적이 있다. 네 번 정도였다고 기억한다. 할머니가 토막으로 들려준 얘기에 의하면 작은 할아버지는 한국전쟁 직후 50달러를 들고 도미했다. 50년대에서 90년대에 이르기까지 사십여 년의 세월을 나로서는 짐작할 수 없지만, 그가 미국 캘리포니아에서 합기도장을 운영했고, 성공적이었고, 아버지 부시 대통령을 만난 적이 있으며, 여러 영화에 출연했다는 것을 알게 되었다. 나는 그를 십대에 두 번, 이십대에 두 번 만났는데, 그중 세 번째 만남에서 내가 독문과에 진학했다는 것을 알게 된 그는 어째서 독일어냐고, 영어를 해야 한다고 질책하듯 말했고, 네 번째 만남에서는 죽음을 앞두고 있었기 때문인지 내 진로에 대해 관심을 보이지 않았다. 마지막 만남에서 그는 췌장암 환자였고, 오십여 년 세월을 건너뛰어 의료강국이 된 고국에서 마지막 희망을 찾고 있었다. 그러나 남한에서도 노년의 말기암 환자에게 해줄 수 있는 건 많지 않았고, 나와 가족은 인천공항까지 그를 배웅했다. 그는 그래도 비즈니스석을 타고 간다며 희미하게 웃었고, 돌아가고 얼마 지나지 않아 사망했다. 아버지를 포함해 한국에 남아있던 몇 안 되는 가족들 중 그의 장례식에 참석할 수 있었던 이는 아무도 없었다. 나로서는 할아버지라고 부를 수 있는 사람이 그가 유일했으므로 안타까웠고, 슬펐다. 후에 나는 사촌에게서 유튜브 링크를 전해 받았다. 작은 할아버지는 태권도와 합기도를 섭렵해 그랜드마스터라 불리는 이였고, 거주지도 마침 캘리포니아였으므로, 할리우드의 이런저런 B급 영화에 많이 출연할 수 있었다. 사촌이 보내준 영상에서 백발의 작은 할아버지가 도복 차림으로 등장하고 있었다. 그가 악당이었는지, 악당을 물리치는 역할이었는지는 확실하지 않았다. 다만 그는 영어로 몇 마디 대사를 읊다가, 한국어로 이렇게 말했다. "감독이 한국말을 하라고 해서 하는데, 영 민망하군요. 이걸 보는 한국 분들께 죄송하게 됐습니다." 나는 그의 곤혹을 상상하지 않았다. 그럴 수가 없었다.

내가 고등학생이었을 때, 작은 할아버지의 아들이 대구에서 결혼식을 올렸다. 그때 두 번째로 작은 할아버지를 만났을 것이다. 작은 할아버지의 아들이면 당숙이라고 불러야 할까? 그는 한국어 화자가 아니었다. 아마 당숙이라는 단어를 알지 못했을 것이다. 난생 처음 본 친척들 앞에서 그는 머쓱하게 웃었다. 키가 큰 사람이었다. 나의 할아버지는 6척 장신이었다고 했다. 말쑥한 트렌치코트 차림이 아주 잘 어울렸다고, 할머니가 말한 적이 있었다. 당시에도 트렌치코트라는 게 있었나, 있었다고 하더라도 그런 걸 살 형편이었나, 나는 생각했지만 묻지 않았다.

작은 할아버지의 키는 6척에는 달하지 않았으나 호리호리한 몸집에 미국식으로 말하면 5피트 9인치쯤 될 키였다. 피로연장에서 난생 처음 보는 친척들이 신랑을 두고 험담했다. 요는, 그가 작은 할아버지의 친자가 아닐지도 모른다는 얘기였다. 그의 어머니가, 그러니까 나는 한 번도 볼 수 없었던 작은 할머니가 바람을 피워서 낳은 자식이라는 얘기였다. 그들은 한씨 집안에는 저렇게 키 큰 이가 없어, 그렇지 않아? 라고 대화를 마무리했다. 그때 키가 이미 미국식으로 5피트 7인치쯤 되었던 나는 화장실에 가는 척하며 슬며시 자리에서 일어섰다. "아, 네가 조카네 큰딸이니?" 멀거니 나를 올려다보던 그들이 물었다. 나는 그렇다고 대답했다. 나는 큰딸이었고, 큰 딸이었다. 우리는 어차피 누군가의 딸이거나 아들일 것이고, 때로는 딸인 동시에 아들이거나 아들인 동시에 딸일 것이다. 할아버지는 6척 장신이었으나 할머니의 키는 5척이 되지 않았다. 그러나 그들은 할머니의 유전자에 별다른 관심이 없었을 것이다. 그 후로 작은 할아버지의 아들과 딸, 내게는 당숙이거나 당고모일 사람들을 만난 적은 없다. 나는 드물게 그들이 궁금하고, 그들은 내가 전혀 궁금하지 않을 수도 있다.

2005년 혹은 2006년, 작은 할아버지가 마지막으로 해사하게 웃어 보이고는 출국장 안으로 사라졌던 어느 가을날, 나와 가족은 그의 누나이자 내게는 고모할머니 되는 이의 고희연에 참석하러 갔다. 그때 나는 할머니, 그리고 개와 살고 있었고, 미국에서 살고 있던 고모할머니는 자신의 칠순 잔치를 준비하기 위해 한국에 와서 나와 할머니, 그리고 개의 집에 얹혀 지내고 있었다. 나와 눈이 마주치는 순간부터 쉬지 않고 못된 말만 해대는 통에 나는 그를 싫어했다. "너는 참, 미국 아이들처럼 해맑지가 않구나." "너는 참, 미국 아이들처럼 세련되지가 못하구나." 내 착한 할머니가 시누이를 대우한다고 아등바등하는 모습도 보고 싶지 않았고, 그는 아무도 보고 있지 않다고 생각할 때마다 그가 개를 몰래 발로 차기도 했으므로, 나는 그가 빨리 꺼지기만을 기다리고 있었다. 동생이 저렇게 가는데 잔치를 좀 미루는 게 좋지 않겠느냐고 할머니가 물었고, 그는 사람이 할 건 하고 살아야지, 대답했다. 할머니는 혀를 찼고, 나는 개를 끌어안으며 한씨 집안 씨알머리 운운하던 누군가를 생각했다. 할머니는 김씨였고, 어머니는 정씨였는데, 나는 별다른 선택권 없이 한씨가 되었고, 이 성이 딱히 마음에 안 드는 건 아니었지만, 김씨 집안이나 정씨 집안, 어느 쪽이건 집안이라고 할 만한 집안이었다고는 생각되지 않지만, 아무튼 그들의 씨알머리란 내 안에 존재하지 않는 것인가, 생각할 때가 종종 있었다.

나도 가족들과 떨어져 살게 되면서 비로소 안정을 구했다. 우리는 서로를 사랑하는가? 이제는 딱히 중요한 질문이 아니다. 하지만 우리는 열두 시간 정도는 서로를 견딜 수 있고, 그러는 동안 농담도 주고받을 수 있다.

십여 년 전, 내가 5피트 9인치로 성장을 멈추었을 때, 추석인지 설날인지 아무튼 명절이었던 어느 날, 나는 부모와 개들이 살고 있는 집을 찾아갔다. 가을인지 겨울인지 추운 날이었고, 나는 군침을 흘리는 개들을 달래며 맥주를 마시고 땅콩을 씹었다. 텔레비전에서 축구 중계가 나오고 있었고, 마침 지소연 선수가 어느 국가대표팀을 상대로 골을 넣었다. "내가 10년만 젊었어도 저기서 뛰고 있는 건데." 내가 말했고, 아버지가 대답했다. "넌 20년 젊어야 돼." 나는 웃었고, 아버지도 웃었던가? 지소연 선수가 해트트릭에 성공했던가? 그날 그 선수는 어느 나라를 상대로 우아한 골들을 넣었던 것일까?

그날 모두가 잠든 새벽에 나는 살그머니 부엌으로 가서 식탁 옆 수납장에서 위스키 한 병을 훔치려고 했다. 어떤 경로로 몇 년째 거기 존재하게 되었는지 모를 위스키 두세 병이 있다는 것을 알고 있었다. 하지만 내가 수납장 문을 조심스레 열고 있을 때, 그러니까 문이 반쯤 열렸을 때, 아버지가 침실에서 자다 일어난 얼굴로 걸어 나왔다. 눈이 마주쳤다. "거기서 뭐하니?" 아버지가 물었다. 나는 최대한 솔직하게 대답했다. "잠이 안 와서." 아버지는 화장실로 직행하며 말했다. "적당히 마시고 자거라." 내가 훔친 술은 조니워커 블랙이었다. 편의점에서도 쉽게 살 수 있는, 언젠가 일했던 바에서 스트레이트 한 잔에 6,000원을 받았던 술이다. 아무도 그것을 원하지 않았던 것인지, 혹은 원했음에도 불구하고 아껴두었던 것인지는 모른다. 나는 여간해서는 아무것도 묻지 않고, 아버지와 어머니가 각자 고아가 되었던 순간들에 대해서도, 신체가 허물어지던 경험에 대해서도, 우리와 연이 끊어진 인척들의 삶에 대해서도 묻지 않았다.

나는 "자거라"라는 말을 아버지에게서만 들었다. 그 외에는 책에서 읽은 것이 전부다.

아버지는 언젠가 우리 조상들 중 대단한 사람이 있다고 말했다. 아버지는 족보라는 것에 전혀 관심이 없는 사람이고, 전 국민이 양반인 나라에서 나도 청주 한씨가 맞느냐는 질문을 받을 때마다 모르겠다고 대답했다. 나는 그 위대한 조상이 누군지 물었다. “한니발.” 아버지의 대답이었다. 나는 웃지 않았고, 아버지도 웃지 않았다. “그 사람은 로마 한씨야?” 내가 물었고, “카르타고 한씨겠지.” 아버지가 대답했다.

한니발이 알프스를 넘을 때와 관련된 오래된 농담……이 있다. 코끼리를 타고 험준한 알프스 산맥을 넘고 있던 한니발이 문득 병사들을 멈추게 하고 말한다. “이 길이 아닌가보다.” 주어만 나폴레옹일 뿐인 같은 농담을 들은 적이 있다.

이 길이 아닌가? 아닐지도 모른다. 어쨌거나 시간은 우리의 경로와 관계없이 무참한 일직선으로 흘러간다. 총알처럼. 시간에 저격당하고 있다는 기분. 무참한 기분.

나는 위스키를 훔쳤던 일화를 각색해 공개적으로 말한 적이 있다. 베이징에서였다. 주최측에서 정부지원 없이 문학 행사를 개최한다고, 그런데 예산이 부족하다고, 그러니 비행기 삯을 직접 부담해 참석할 수 있겠냐고 연락해왔다. 삼박 사일의 숙박비와 식비가 지원된다고 했다. 5년쯤 전으로 기억하는데, 아닐 수도 있다. 4년 전일 수도, 6년 전일 수도 있다. 아무튼 나는 중국 비자를 받았고, 비행기 표를 샀다. 돌아오는 날 오후 수업이 있었으므로 가능한 한 김포공항으로 왕복해야 했다. 그래서 대한항공 좌석을 예약했다. 하지만 어찌된 일인지 중국남방항공 비행기에 타게 되었다. 기내에서 술을 살 생각이었으므로 탑승하자마자 앞좌석 등받이에서 면세품 안내책자를 찾으려고 했지만 비상시 대피로를 안내하는 팸플릿만 꽂혀 있었다. 두 시간 후 나는 베이징 공항에 있었다. 공항 편의점에서 중국산으로 짐작되는 위스키를 한 병 샀다. 세 시간 후에는 호텔 방에 있었고, 방에서 밤까지 원고를 썼다. 위스키가 주제였다. 그런 주제라면 몇백 페이지라도 쓸 수 있었다. (하지만 아니다. 지금은 아니다. 위스키를 몇백 잔 마실 수는 있다. 이것은 사실이며, 온갖 거짓들 사이에서 시간이 일직선으로 흘러간다는 것과 마찬가지로 이것만은 사실이다.) 중국 베이징 한복판에서 열리는 문학 축제였지만 어찌된 일인지 모두 영어로만 대화했다. 심지어는 중국 작가들마저도 모두 영어에 능통한 것처럼 보였다. 그날 무대에서 무언가 읽어야 할 사람은 나를 포함해 네 명이었고, 나를 제외한 발언자들은 모두 영어가 유창했다. 내가 마지막으로 읽었다. 위스키를 훔치다 걸리는 대목에서 사람들이 웃었다. 나도 웃었고, 모두가 웃었다. 행사가 끝나고 밖으로 나와 담배를 피우는데 누군가 다가와 아주 멋진 이야기였다고 말했다. 내 글을 읽어주는 모든 이들에게, 읽어주기만 한다면, 늘 진심으로 고마우므로 그에게도 고맙다고 말했다. 그는 나와 자신의 나이가 비슷하다고, 어쩌면 서로 할 얘기가 많이 있을지도 모르겠다고 말했다.

그 후 그는 내가 읽은 글에서 월리스 스티븐스의 어느 시가 떠올랐다고, 그런데 제목이 기억나지 않는다고, 기억난다면 꼭 말해주겠다고 했다. 우리는 이메일 주소를 교환했다. 가끔 그에게 이메일을 보내볼까 생각했지만, 실행에 옮기지는 않았다. 그의 이름은 발레리아였고, 나는 몇 년 후 미국을 여행하는 동안 많은 서점 가판대에서 그의 책과 수없이 마주치게 되었다.

베이징에서 머물던 숙소는 시내 한복판에 있었다. 지금은 해당 구역의 이름이 기억나지 않는다. 나는 만리장성도 자금성도 가지 않았다. 시간이 없었다. 자고 일어나면 시간이 없었던 것이다. 방에는 중국산 포도주가 있었고, 그럭저럭 감당할 수 있는 가격이었으므로 중국산 위스키가 떨어졌을 때 그것을 마셨다. 담배를 피우려면 건물 밖으로 나가야 했다. 길 건너편에 프라다였나 구찌였나, 그런 상점이 있었던 것이 기억난다. 이런 동네 호텔을 잡아주는데 어째서 예산이 부족했는지, 거의 모든 것이 여기 있는데 어째서 중국인들은 한국으로 굳이 쇼핑하러 오는지 의아했던 기억도 있다. 택시기사들은 무뚝뚝한 동시에 친절했다. 익숙한 태도였다. 돌아오는 비행기도 중국 남방항공 운항편이었다. 가끔 비행기를 탈 일이 있을 때마다 고급 위스키를 사서 오랫동안 아껴 마시는 습관이 있었으므로 못내 아쉬웠다. 두 시간 후 나는 김포공항에 있었다. 세 시간 후에는 안산에 있었다. 안타깝게도 며칠 무리한 탓에 눈에 다래끼가 나 있었다. 그런 꼴을 다른 사람들에게 보이고 싶지 않았지만 어쩔 수 없었다. 다래끼가 옮는 질병도 아니었다. 약국에서 소염제를 사는데 약사가 술과 돼지고기를 피하라고 했다. 나는 고개를 끄덕였지만, 당연히 마실 생각이었다.

눈에 다래끼가 날 때마다 할머니는 내 양손 엄지손톱에 바늘로 열십자(十)를 그어주었다. 그것이 어떤 효력이 있는지 나는 알지 못한다. 다래끼라는 단어가 표준어인지도. 아래아한글에서 다래끼 밑에 붉은 줄이 그어지지 않는 걸 보니 일단 표준어이긴 한 모양이다.

커튼을 걷고, 내 방과 마찬가지로 저격당하기 좋은 방에서 작업하던 이의 방에도 커튼이 쳐진 걸 확인했다. 완연한 밤이고, 서울의 밤이다. 달이 보이지 않지만, 바깥 공기는 청명하고 상쾌할 것이다. 취한 자들을 힐난하는 밤일 것이다. 자거라. 나는 빈 하이네켄 캔을 구기고, 포도주 병을 꺼낸다. 그런데 포도주 따개가 없다. 나는 구겨진 하이네켄 캔을 바라본다. 하이네켄……, 하고, 성난 요의에 굴복한 남자가 말하는 걸 들은 적이 있다. 〈블루 벨벳〉이었다고 생각하는데, 단 한 번 본 영화였으므로 정확한 기억이 아닐 수도 있다. 어쨌거나 나는 데이빗 린치를 조금 좋아했다. 그러니까 그의 영화를. 〈트윈 픽스〉는 비디오로 보았고, 〈멀홀랜드 드라이브〉는 극장에서 보았는데, 한밤중에 국도를 달리다 보면 어쩔 수 없이 〈멀홀랜드 드라이브〉를 떠올리게 된다. 길 위에서 저격당하거나, 린치당하거나. 가끔 인생을 왜 이렇게 생각하는지 도통 알 수가 없다. 정말이지 알 수가 없다.

극장에서 처음 본 영화는 디즈니의 〈인어공주〉 아니면 장 자크 아노의 〈베어〉라고 생각한다. 극장에서 두 번째로 본 영화는 기억나지 않는데, 아마도 처음 이후로 몇 년 뒤였을 것이다. 인어이거나 곰이거나, 둘 중 하나일 것이다. 어쨌거나 두 영화 모두 인상적인 기억으로 남지는 않았다. 극장에 사람이 많았고, 영화가 끝나고 경사가 심한 언덕을 내려왔으며, 누군가 길 한쪽 나무 밑에서 호박엿을 팔았던 기억이 보다 강렬하다. 보문산 유원지라 불리는 곳이었고, 남한 사람들에게 여가라는 개념이 생긴 이후로 대전 시민들이 주말을 보내는 장소로 기능해왔을 그곳에는 극장도 있었다. 보문산 유원지에서 동생과 돌아가는 찻잔을 타고 귀신의 집에 들어갔다가 발밑이 둥둥 울리는 바람에 엉엉 울면서 나왔던 기억이 있다. 나도 동생도 나쁜 감정들을 본격적으로 학습하기 직전이었다. 동생이 나보다 빨리 배웠을 것이다. 동생들은 늘 빨리 배우는 법이니까. 보문산 유원지의 일부가 이제 대전동물원이 된 것 같지만 아닐 수도 있다. 대전동물원에 개가 있다는 소문을 듣고 가볼까 했던 기억이 있다. 모든 동물원에 대해 반대하는 입장을 갖게 되기 전이었다. 개가 개라는 명찰을 단 우리에 갇혀 있다고 했다. 나는 대전동물원에 갔다. 역시 명절이었다. 대단히 춥진 않았으므로 가을이었고, 추석이었을 것이다. 차례를 지내고 모두가 낮잠을 자고 있을 때, 나는 813번 버스를 타고 대전동물원으로 향했다. 절반쯤 갔을 때 아버지에게서 전화가 걸려왔다.

"어디 갔니?"

"동물원."

"뭐 타고 가?"

"버스."

"가는 중이지? 입구에서 만나자."

"네."

나는 동물원 입구에서 아버지를 만났다. 아버지에게 입장권을 사달라고 했다. 한번은 이유 없이 쓸쓸해서 여길 온 적이 있었어. 그런데 지갑을 놓고 왔더라. 그래서 들어가지도 못 하고 돌아갔어. 아버지가 말했던가? 우리는 사파리 버스를 탔고, 나는 사자의 낮잠과 얼룩말의 엉덩이와 곰의 나른함을 사진 찍었다. 버스 운전자의 말투가 시종 경쾌하고 활기차서 나는 그에게 직업적 존경심을 느꼈다. 하지만 그가 간헐적으로 버스를 멈추고 호랑이나 치타의 이름을 알려줄 때마다 그 이름들을 아무렇게나 지어내고 있는 건 아닌지 의심이 들었다. 사파리에서 나오자 조그만 원숭이들이 한복을 입고 벤치에 앉아 있었다. 내가 원숭이들을 바라보는 동안 아버지는 담배를 피우고 오겠다며 흡연구역으로 사라졌다. 그는 내가 흡연자라는 걸 알고 있었지만 같이 담배를 피우자는 말을 한 번도 하지 않았다. 나는 다른 흡연구역으로 사라져 담배를 피웠다. 풍선들이 어슬렁거렸다. 오후의 햇살이 길어지고 있었다. 그날 아버지는 내게 햄버거 세트와 호랑이 인형을 사주었다. 15,000원짜리 호랑이 인형을 나는 여전히 갖고 있다. 현재의 토템이자 미래의 부장품으로. 아버지는 동생 몫으로도 호랑이 인형을 샀다. 두 살 터울의 동생이 그것을 여전히 갖고 있는지는 모른다. 어쨌거나 동생에게는 다른 토템과 다른 부장품이 있을 것이다. 그러하기를.

그로부터 몇 년이 지났다. 어째서인지 시간이 늘 지나가고 있었다. 다시 추석을 앞두고 있었고, 대전동물원에서 퓨마가 탈출했다. 만 하루가 지나기도 전에 퓨마는 사살되었다. 대북 관련 뉴스 때문에 청와대에서 사살을 지시했다는 루머가 있었다. 말도 안 되는 루머라고 생각했지만 그걸 사실로 믿는 사람들이 있었다. 나와 농담을 주고받는 사람이 그런 이야기를 사실로 받아들인다는 건 생각보다 받아들이기 힘든 일이었다.

마지막 개가 죽고 아버지는 모든 제사와 차례를 중지하겠다고 선언했다. 진작부터 원했다는 걸 나는 알고 있었다. "얼굴도 모르는 사람 제사를 왜 지내나." 아버지는 성당에서 세례를 받았는데, 대략 세 가지 목적이 있었다. 가톨릭 신자였던 할머니가 세상을 떠나시게 될 때, 천주교식 장례법을 아는 사람이 가족 중 없다는 것, 성당에 나가면 포도주를 마실 수 있다는 것, 그리고 제사나 차례를 지내지 않아도 된다는 것. 아버지가 세 가지 중 하나라도 목적을 달성했는지 나는 모른다. 내가 아는 건 제사와 차례가 어머니 고집에 의해 치러졌다는 것이다. 하지만 마침내 아버지 의견이 받아들여질 수 있었던 건, 차례나 제사를 지낼 때마다 상 옆을 얼쩡거리던 개들이 모두 사라져서였다. 매끈하게 깎아놓은 밤 하나를 물고 도망가려고 기회를 엿보던 개들이 모두 죽고 없었다. 모두 긴장감이 풀어졌다. 그 후로 아버지에게는 개가 없다. 퓨마도 없다. 그에게는 가짜 뉴스들이 있고, 그것에라도 의지할 수 있기를. 누구에게도 의지할 수 없다면. 나는 퓨마가 숨어 있었다던 배수로를 생각했다. 그러나 퓨마의 고통과 불안에 대해서는, 짐작할 수도 없었다.

하루도 빼놓지 않고 매일 마신 기간이 십여 년쯤 되는 것 같다. 날마다 취하거나 취하지 않았다. 거짓말이다. 자랑스럽게 하는 말이다. 진실로 자랑스럽나? 모르겠다. 그러나 예전처럼 글을 쓰지 못하게 된 것과 뇌가 썩어가고 있다는 기분을 제외하면 어떤 기록을 달성

했다는 사실이 자랑스럽기도 하다. 물론 거짓말이다.

부모와 마지막으로 살았던 개가 죽고 일주일 동안 나는 마시지 않았다. 긴 이야기를 짧게 줄여볼까, 그것이 가능할까? 이미 줄였는데. 나는 그 개를, 그 개도 사랑했고, 이상하지 않은가? 처음 본 개를 사랑할 수 있다는 것이. 두 번 본 개를 사랑할 수 있다는 것이. 백 번 본 개를 사랑할 수 있다는 것이. 더는 볼 수 없는 개를 사랑할 수 있다는 것이. 사랑하게 된다는 것이. 앞으로 다시는 볼 수 없을지라도 기어코 사랑하고 만다는 것이. 나와 가족은 죽은 개를 화장하러 갔고, 개의 죽음이 불타는 동안, 나는 담배를 피우러 밖으로 나갔다. 그러다 화장터 주인이 기르는 개에게 종아리를 물렸다. 개가 개의 일을 한 것이었으므로 나는 개를 탓하지 않았다. 하지만 아팠다. 개의 재를 묻고 병원에 가서 이런저런 주사를 맞았다. 간호사는 앞으로 일주일간 상처를 꼼꼼히 소독해야 하며 무엇보다도 술을 마시지 말아야 한다고 당부했다. 다리가 썩을 수도 있어요. 이미 뇌가 썩고 있으므로 다리까지 썩게 하고 싶지는 않았다. 간호사가 겁주려고 하는 말이라고 생각했지만 나는 처벌을 받아들이기로 했다. 나는 죽지 않은 개에게 사랑한다고 여러 번 말했다. 그러나 개가 나를 사랑했는가? 내게는 중요한 질문이다. 개의 잇자국이 종아리에서 완전히 사라지기까지 3년 정도가 걸렸다. 흉터가 거의 흐릿해졌을 때 나는 삼년상을 치르는 의미를 깨달았다. 어떤 죽음을 대강 잊으려면 3년 정도가 필요하다. 3년이 지나면 그래도 한결 수월해진다. 그 후에, 혹은 그 전에 다른 죽음이 끼어들겠지만. 안타깝게도.

모두 거짓말이고, 모두 농담이다. 나는 그 사실을 안다. 태어나서 처음으로 극장에서 본 영화는 〈베어〉였다. 곰들이 어슬렁거리는 화면 외에는 기억나는 장면이 없다. 장 자크 아노가 〈연인〉의 감독이라는 건 나중에 알았다. 어려서 살았던 동네 비디오 가게 외벽이 온통 영화 포스터로 뒤덮여 있었는데, 그중 눈에 띄는 하나가 있었다. 하얀 바탕에 연필로 스케치한 듯 아름다운 여자가 언제나 나를 노려보고 있었다. 마르그리트 뒤라스였다. 할머니가 늘 재미없다고 말했던 프랑스 소설을 쓰고 프랑스 영화를 만든 사람이었다.

뒤라스의 소설에는 술 취한 여자들이 많이도 나온다. 얼마 전에는 『모데라토 칸타빌레』를 다시 읽었다. 석양이 내리기 전부터 포도주에 취한 여자는 이미 피아노 소리에도 목련꽃 향기에도 취해 있다. 취하려면 모험을 감행해야만 하는 여자들. 모함을 감수해야만 하는 여자들. 제목이 기억나지 않는 뒤라스의 어느 소설에서 포도주를 잔뜩 마시고 시속 100마일쯤으로 달리는 여자가 있었다. 나는 달리지 않아도 그 속도를 감각할 수 있다. 취하지 않아도 감각할 수 있다. 죽음에 근사한 속도이기 때문이다. 언제고 충돌해도 이상하지 않을 근사한 속도이기 때문이다. 취하지 않아도 죽을 수 있다. 취한 자는 죽음과 근접해 있다. 그래서 나는 술을 마시고 운전하지 않는다. 굳이 그렇게 하지 않아도 언제고 죽음과 가까이 있을 수 있다.

취해서 길에 누운 자들이 보일 때마다 경찰에 신고했다. 어찌된 일인지 모두 남자들이었다. 여름밤, 겨울밤. 경찰들은 대개 친절하게 말했고 더욱 친절하게도 경과를 문자로 알려주기까지 했다. 언젠가 내가 길 위에 눕게 된다면, 누가 나를 경찰에 신고하게 될까? 나는 그에게 스타벅스 커피쿠폰이라도 미리 보내주고 싶다. 혹은 발베니 21년산 한 병을. 나는 단 한 번 단 한 잔 그 술을 마신 적이 있고 그대로 죽고 싶었다.

모두 농담이고, 모두 거짓말이다.

어느 꿈에서 이탈리아로 여행을 갔다. 로마에서 나폴리행 기차를 탔다. 객차 안은 한산했고 내가 앉은 객실에는 아무도 없었다. 평원을 달려가는데 누군가가 큰 더플백을 들고 들어왔다. 본조르노, 그가 내게 인사했고 나는 고개를 끄덕였다. 평원을 달려가는데 그가 가방을 열었다. 안에 양말이 가득했다. 그는 양말 몇 켤레를 보여주며 사지 않겠냐고 물었고, 나는 고개를 저었다. 그가 보여준 양말들은 모두 크리스마스트리 장식용이었다. 검표원이 다가오는 기척이 느껴지자 그는 빠르게 사라졌다. 다음 역에서 내릴 모양이었다. 혹은 굴러 떨어지거나.

나폴리에서 이스키아섬으로 가는 배를 탔다. 언젠가 한 프랑스인이 광기라는 걸 지닌 국가가 전 세계에 단 둘인데, 그중 하나가 대한민국이고, 나머지 하나가 이탈리아라고 말했던 기억이 났다. 이스키아섬에서 아라곤 가문의 지난하고 격렬한 역사를 지닌 성을 구경했다. 광기의 건축물이었다. 그곳 고문실에서 하루를 보내고 꿈속에서 꿈 없는 잠을 잔 다음 날 인근의 더 작은 섬으로 배를 타고 갔다. 1월이었지만 나무마다 온통 레몬이 달려 있었다. 레몬이 레몬색이라니, 나는 감탄했다. 점심식사를 하려고 항구 옆 식당에 들어갔다. 볼로네제. 까르보나라. 어찌된 일인지 메뉴판이 온통 한국어로 적혀 있었다. 이탈리아에서는 파스타를 먹을 때 숟가락을 쓰지 않는다는 걸 떠올리며 열심히 포크를 돌리는 내 앞에 누군가가 가방을 들이밀었다. 나는 그를 올려다보았고, 그는 말없이 가방을 열었다. 가방에는 온통 칼이, 칼들이 들어 있었다. 나는 칼의 의미를 이해하지 못해 다시 그를 올려다보았고, 그는 칼을 가리키며 5유로, 라고 말했다. 나는 그의 칼을 사지 않았다. 칼을 들고 비행기에 탈 수는 없으니까. 칼을 들고 바다를 건널 수는 없으니까. 칼을 들고 양말을 사지 않을 수는 없으니까. 그는 쓸쓸히 퇴장했고, 나는 레몬나무로 가득한 아름답고 작은 섬에서 칼을 파는 운명에 대해 생각했다. 지금도 생각하고 있다. 그 칼로 레몬나무 가지를 치고, 레몬을 자른다. 잘린 레몬에서 놀랍게도 레몬향이 난다. 그 칼을 샀어야 하는데. 나는 기꺼이 잠들어 기꺼이 그 섬으로 되돌아갈 것이다. 그를 만날 것이고, 칼을 살 것이다. 그 칼로 레몬 말고는 아무것도, 아무도 베지 않을 것이다.

두 번째 꿈에서 나는 배를 타고 또 다른 섬으로 갔다. 한가로이 걷고 있는데, 차 한 대가 포석이 깔린 비좁은 길을 달려갔다. 이십여 미터 앞에서 차가 멈췄고, 문이 열렸고, 개가 내렸다. 차에 타고 있던 사람이 휘파람을 불었고, 차가 앞으로 나아갔고, 나는 불안해졌고, 개가 달려갔다. 나는 차와 개를 따라 달렸다. 아무리 달려도 멀어지고만 있었는데, 하지만 개가, 개는 빠르게 차를 따라잡았고, 달리는 차의 문이 열렸고, 개가 운전석으로 뛰어올랐다. 개가 웃었다. 나는 그 개를 사랑하고 있었다. 그 개를 나는 지금도 사랑하고 있다.

양말과 칼. 이제야 생각이 났다. 이탈리아 남부에서 마신다는 술을 마셔본 적이 있다. 그 술의 이름이 이제야 생각이 났다. 리몬치노. 하지만 그 맛이 기억나지 않는다. 달았던가? 썼던가? 레몬향이 났던가? 달면서 썼던가? 이 말이 말이 되는가? 아무려나 나는 말이 안 되는 말을 하면서 마셔왔다. 언젠가 중국어를 배우려고 EBS 초급 중국어 교재를 샀는데, '마마 마마마'와 '마마마 마마'가 다른 뜻이라고 하는 걸 듣고 빠르게 포기했다. 엄마가 말을 혼낸다. 말이 엄마를 혼낸다. 아무도 혼나지 않는다면 좋을 텐데.

그래서 말은 어디로 달려갔나. 양말을 신고 있다면 좋을 텐데. 부모와 마지막으로 같이 살았던 개는 가끔 양말을 신었다. 여름마다 긴 털을 잘라주면서 발 근처만 조금 남겨두었던 것이다. 한번은 미용사가 개에게 양말 신기는 것을 잊었다. 어머니는 불같이 화를 내며 왜 양말을 신기지 않았냐고 미용사를 다그쳤다. 그는 어머니에게 5,000원을 돌려주었고 모두가 괜찮아졌다.

얼마 전 어머니가 전화를 걸어왔다. 대전 시민합창단에 들어가려고 찾아갔는데, 나이가 너무 많다고 거절당했다는 거였다. 엉엉 울면서 집으로 돌아왔다고, 너무 분해서 눈물이 멈추지 않았다고, 어머니가 말했다. 엉엉, 엉엉 운다. 엉엉, 엉엉 우는 소리. 그 소리가 들리는 것 같았다. 그만 잊고 주무셔야죠, 내가 말했고, 어머니는 엉엉 우는 대신 응, 하고 아이처럼 대답했다.

프런트에 전화를 걸어 포도주 따개를 부탁하고, 텔레비전을 켠다. 화면은 수더분하게도 홈쇼핑 채널을 보여주고, 나는 스무 장에 39,900원이라는 수건을 살까, 사야 할까, 고민한다. 돈 패닉! 〈은하수를 여행하는 히

치하이커를 위한 안내서〉를 본 다음부터 가방에 수건을 늘 한 장씩 넣어 다녀야 할까, 생각한 적이 있었다. 영원히 여행자로, 정처 없이, 이동하며, 숨겨진 경로를 찾아다닐 수 있기를 바란 적도 있었다. 지금은 아닌가? 아닐 수도 있다. 나는 지금 여기 있다. 너무나 여기에, 지금, 있다.

받아들여야 한다. 그래야 할까? 받아들여야 한다. 나는 잠시 꿈으로 물러나고, 취한 채 잠들지만, 지금 여기 있다는 건 변하지 않는다. 포도주 따개가 도착하고, 그것으로 능숙하게 코르크 마개를 뽑으면서, 수건 방송이 끝나고 헤어드라이어 방송이 나오는 걸 본다. 젖은 머리로 나다니면 오해 받아, 어머니가 한 적 있는 말이다. 어떤 맥락에서 그 말이 나왔는지 지금은 기억나지 않는다. 내년이면 삼십대가 끝난다. 이삼십 년 동안 기억나는 것이라고는 기억나지 않는다고 말하는 것이 거의 전부라니, 나쁘지 않다. 받아들여야 한다. 뇌가 지속적으로 썩을 것이고 어느 시점부터 신체가 급격하게 허물어질 것이다. 받아들여야 한다. 수건도 헤어드라이어도 양말도 칼도 사지 않는 밤이다. 엉엉 울지 않는 밤이고, 아침이 오면 비워줘야 하는 밤이다.

병이 빈다. 나는 취한 상태로 꿈에 진입한다. 꿈속에서 나는 영국을 여행하고 있다. 전염병 시대에 맞춤한

꿈이다. 가스등 아래를 비틀거리며 돌아다니다 어느 펍에 들어간다. 금발 벽안에 녹색 옷을 입은 직원에게 맥주를 주문하고, 10유로 지폐를 건넨다. 영국에서는 파운드를 쓰지 않나? 확실히 꿈이다. 직원이 맥주 한 잔과 거스름돈으로 3유로 지폐를 내게 주다가 의아한 표정으로 말한다. "그런데 당신, 이거 못 써요." 그러자마자 나는 꿈에서 깨어난다. 3유로 지폐를 쓰지 못하는 것이 꿈에서 깨어났기 때문인지, 지폐가 3유로짜리였기 때문인지 나는 알지 못한다. 아무려나 상관없다. 맥주를 마시지 못하고 깨어난 것이 다소 분할 뿐이다.

서울의 저녁

이주란

얼마 전 직장 동료는 잃어버렸던 신용카드를 되찾았다.
이미 카드 분실신고와 새 카드 발급신청을 마친 지
수일이 지난 후였지만 잃어버린 곳으로 추측되는 장소를
지날 일이 있어 찾아가본 것이다.
혹시 카드를 놓고 왔는지 확인할 수 있을까요?
네, 성함이요.
직원이 그렇게 말하며 '이따만한' 카드 뭉치를 꺼냈다고,
동료는 말했다. 동료의 카드는 그 뭉치 맨 뒤에 있었다고 한다.
무언가를 잃어버린 사람이 그렇게나 많네요.
그러게요.
우리는 이야기했다.

1

11:06
사람들은 왜 자기 이야기를 할까, 곧 봄이 오는 건가 생각을 하는 사이 서울에 도착했다. 사람들이 안으로 밀려들고 있었고 나는 둥그런 기둥 옆에 선 채로 그 광경을 낯설게 바라보았다. 팔짱을 낀 세 사람이 나를 향해 걸어왔다. 내가 움직이지 않자 그중 한 사람과 어깨를 부딪쳤다. 그 사람은 뒤를 돌아보며 나에게 욕을 했다. 나는 술에 취한 사람들을 지나 역을 빠져나왔다. 보라에게 전화를 걸기 위해 휴대전화를 꺼냈다. [조심히 와]라는 메시지가 와 있었다. 나는 전화를 걸지 않고 버스 정류장으로 갔다.

창가 자리가 비어 있었다. 나는 거기에 앉았고 몇 사람이 더 버스에 올라탔다. 마지막으로 예닐곱 살쯤 되어 보이는 아이와 엄마가 탔다. 버스에서 서 있으면 기사 아저씨한테 혼나. 기사는 아무 말도 하지 않았으나 아이 엄마가 말했다. 위험할 텐데 앉았나 싶어 뒤를 돌아보았는데 나와 너무나도 닮은 여자를 보았다. 나는 왜인지 그 여자가 나를 보지 않도록 얼른 얼굴을 돌렸다. 순간적인 생각이었지만 그래야 할 것 같았다.

다행히 헤매지 않고 동네에 도착했다. 헤맬 거라고 생각했는데 헤매지 않았고 낯설 거라고 생각했는데 낯설었다. 골목으로 접어들자 트럭에서 뻥튀기를 팔고 있었다. 이거 지금 살 수 있나요? 그럼요. 오픈 준비를 하던 아저씨에게 둥그런 뻥튀기 한 봉지를 샀다. 예전에도 여기서 이것저것 사 먹곤 했다.

보라의 집은 버스 정류장에서 도보 17분 거리에 있는데 택시를 타기에는 너무 가깝고 마을버스는 없다. 아니 있지만, 정류장까지 5분쯤을 걷고 버스를 기다리고 타고 집 근처 정류장에서 내려 다시 5분쯤을 걸어야 하기 때문에 그냥 걷는 것이 낫다. 나는 그냥 걸었다. 별로 춥지 않은 날이었다.

버스를 갈아탈 때 연락을 했더니 호랑이슈퍼 앞에 보라가 나와 있었다.

저기 보이는 초록 지붕 집이야.

오. 거기서 우리 옛날에 살던 집 보일 것 같은데?

응. 잘 보여.

보라와 나는 재희가 죽은 뒤로 같이 살았다.

12:24

보라가 간단히 뭘 좀 먹고 나가라기에 입맛이 없어 물

한 잔을 부탁했다. 우윳빛이 감도는 찻잔에 가득 담긴 물을 천천히 마시며 뻥튀기 몇 개를 꺼내 먹었고 보라도 실은 밥이 없는데 밥을 하기는 싫었다며 뻥튀기를 먹었다.

이 잔 너무 예쁘다.

그치.

테두리가 골드인 것도 좋고.

몇 달 고민하다가 간신히 샀어.

얼만데.

12만 원.

비싸네.

만약 아직 같이 살았다면 분명 보라는 그 잔을 발견하자마자 살지 말지 나에게 먼저 물어봤을 것이다. 그러면 나는 그 잔이 이미 보라의 마음속에 들어와 있다는 것, 보라라는 사람은 결국엔 살 거란 걸 알아채고 단박에 "더 빨리 기쁘려면 지금 당장 사"라고 했을 것이다. 보라는 좀 돌아가더라도 하고 싶은 일은 꼭 하고야 마는 성격이었다. 같이 살았다고 해서 상대방의 모든 것을 안다고 할 수는 없지만 그 정도는 알았다. 보라는 슬픔이나 우울 같은 감정은 잘 감췄지만 기쁜 마음은 감추지 못하는 편에 속했다. 아마도 마음에 드는 잔을 발견하곤 들뜬 표정을 지었을 것이다. 생각해보면 나도 슬픔을 다루는 방식엔 나름 일가견이 있지만 기쁠 때 어쩔 줄 모르는 건 마찬가지다. 그건 그동안 기쁜 일이 잘 없었기 때문이 아닐까. 경험 부족. 말하자면 기쁨

부족. 나는 생각했고, 그럴 때마다 "기쁜 거랑 행복한 게 다르다는 걸 사람들은 잘 몰라"라던 보라의 말을 곱씹곤 했다. 이어지던 보라의 물음에 아무 말도 하지 못했던 것도. 하지만,

내가 생각해봤는데 말이야.

응.

그러고 싶으니까 그러는 것 같아.

응?

결국엔 자기가 선택하는 거지.

뭘?

행동, 태도, 반응, 그러니까…… 모든 것.

모든 것……?

모든 것은 좀 그런가?

문득 확신에 찼던 보라가 금세 헷갈려하던 밤이 떠올랐다. 우리가 하는 대부분의 대화는 늘 그런 식으로, 원점으로 되돌아가곤 했다.

보라가 얼굴을 씻겠다고 말했고 나는 그사이에 쌀을 씻어 밥을 앉혔다.

빈손으로 오더니 밥을 하네.

밥 잘 안 해 먹지?

응.

만두를 가져오려고 했는데 챙겨두고 깜빡했어.

보라가 수건으로 얼굴을 닦았다. 많은 기억이 흐릿해졌지만 같이 살 때도 그랬던 것 같다. 그런 건 기억이

난다. 그때 그랬다고 해서 지금도 그럴 거라고 생각하는 건 아니다. 그냥 종종 그때 생각을 하는 것뿐이다. 밥을 자주 하는 건 누구였는지, 청소를 자주 하는 건 누구였는지 그런 것……. 구체적으로 누가 김치찌개를 잘 끓였고 누가 머리카락 한 올만 발견해도 치우곤 했는지, 재희와 보라가 둘이 살 때 재희가 늘 마시곤 하던 차의 종류와 보라가 좋아하던 인스턴트커피 같은 것들. 나는 그들의 집에 자주 머물렀다.

보라와 재희는 대학 입학 후부터 같이 살았다. 둘은 동아리 선배 소개로 저렴한 방을 얻을 수 있었다. 주인아주머니가 오래전부터 월세를 올리지 않아 시세보다 저렴한 곳이었다. 돈을 모아 보증금을 마련했고 학교를 다니면서 한 아르바이트로 방 한 칸의 월세와 생활비를 마련했다. 보라는 가끔 장학금을 타기도 했으며 재희가 아픈 뒤로는 휴학을 하고 아르바이트보다 두 배 더 많은 돈을 버는 일을 풀타임으로 하기도 했다. 나는 많은 시간을 그들과 함께 보내며 생활비를 나눠 냈다.

어느 봄에는 잠시 셋이 산 적이 있었다. 우리는 그때 청년의 주거에 대한 TV다큐멘터리에 출연했다. 무언가 원하는 답이 정해져 있는 것 같은 질문만 받았지만 우리는 출연자지 작가나 피디가 아니었으므로 묻는 말에 최선을 다해 답했다. 꿈을 좇아 서울로 온 것이 아니라 서울이 고향이라는 부분에서 약간 아쉬워하는 눈빛이던 제작진으로부터 인터뷰 끝에는 "아주 좋다, 수고하셨다"는 반응을 받았었다. 돈을 모아 산 향수와 여러 개의 립스틱은 서랍 안에 넣었으며 고향 얘기는 편집되었고 우리는 가난하지만 긍정적인 청년들로 비춰졌다. 별것 아닌 얘기에도 그냥 웃던 시절이었으므로 영 틀린 말은 아니었다. 실제로 화면 안에서 우리는 서로의 말끝마다 웃고 있긴 했다. 셋이 함께 맥주를 마시며 프로그램을 보면서는 보라의 연기에 대한 얘기가 오갔다. 다큐인데 연기를 했어. 너 저렇게까지 저렇지는 않잖아. 저렇게까지 저런 게 뭐야. 요즘 표현력이 좀 딸리네. 말하자면 그 정도의 부끄러움이었다.

보라와 나는 재희의 생일 파티에서 처음 만났다. 스무 살이었고, 나와 재희가 각자 다른 대학에 진학한 뒤로는 서로의 대학 친구들과도 종종 어울려 술을 마시던 때였다. 보라는 재희의 대학 친구였다.

저녁 전에 와?

응.

그럼 저녁 같이 먹자.

좋지.

준영을 만나기 위해 보라의 집을 나섰다. 나는 종종 동영상 플랫폼에서 우리가 출연했던 다큐멘터리를 검색해보곤 한다. 영상 아래에는 우리를 비웃는 댓글들이 군데군데 달려 있다.

13:41

왔던 길을 되돌아 다시 버스 정류장으로 향하다가 다른 골목길로 접어들었다. 골목이 많은 동네였고 방향은 거기가 맞을 것이었다. 살던 곳이었지만 시간이 흐르는 동안 많은 것이 변해 있었다. 걷는 동안 세탁소가 많이 눈에 띄었다. 로또에 당첨되면 다시 서울로 올라와 세탁소를 차릴까, 기술도 없으면서 문득 그런 생각을 했다. 그러고 보니 예전에 준영과 나는 로또에 당첨되면 집을 사지 말고 서울 근교에 실내 세차장을 차리자는 약속을 한 적이 있었다. 평생 일을 할 수 있어서였다.

세탁소와 마을 노인정을 지나자 작은 초등학교가 있었다. 그대로라는 건 낡았다는 뜻이 되지만 전보다 더 깨끗한 모습이었다. 교문에서 남자아이 둘이 걸어 나왔다. 그중 한 명이 다른 한 명에게 손가락 욕을 했고 그 아이는 손을 흔들어 보였다. 둘 사이의 인사인 것 같았다. 손가락 욕을 한 아이는 교문 바로 앞에 위치한 피아노 교습소로 들어갔다. 나는 잠시 그 아이가 밀고 들어간 교습소의 문을 멍하니 바라보다가 버스 정류장을 향해 걸었다.

14:01

준영과 만나기로 한 곳은 충무로역 대한극장 앞이었다. 충무로라면 주변에 동국대학교가 있다는 것 말고는 아는 게 없는 동네였다. 이십대에 한두 번, 동국대에 다니던 고교 선배와 술을 마시러 와본 적은 있으나 그게 충무로든 어디든 상관없을 정도로 선배만 따라 다녔다. 뭘 먹었는지 전혀 기억이 나지 않았었는데, 약속 시간보다 일찍 와 나를 기다리고 있던 준영을 따라 골목에 들어서니 그제야 생각이 났다. 우리는 영덕이라는 지명이 들어간 식당으로 들어갔다.

자리에 앉은 준영이 검정 모자와 검정 코트를 벗어 의자에 걸쳤다. 셔츠와 바지, 그리고 혹시나 해서 내려다 본 양말과 신발마저 검정색이었다. 나는 모자는 없었지만 네이비색 코트를 벗어 의자에 걸쳤다. 나는 검정 니트, 진한 청바지 차림이었고 회색 양말과 검정 운동화를 신고 있었다. 불현듯 그를 처음 만났던 날이 떠올랐다. 우리는 그때 둘 다 빨간색 옷을 입고 있었다. 빨간 초장과 함께 준영이 주문한 막회가 나왔다. 나는 내 잔에 술을 따랐고 준영의 잔에도 따랐다.

언제 올라왔어?

좀 전에.

어떻게 지냈어?

내가 먼저 물으려고 했는데 술을 따르는 사이 준영이 물었다.

뭐…… 어디서부터 얘기할까.

정말로 모르겠어서 그가 따라주는 술을 받으며 물었다.

시간순으로 할까, 사건순으로 할까?

시간순으로,

라고 말하며 준영이 술잔을 입으로 가져갔다. 식당 안은 그새 사람들로 가득 차 문을 열고 들어선 사람들은 밖에 놓인 간이 테이블에 앉아야 했다.

오랜만이다.

3년 만인가?

응. 그 정도.

어머니 요즘 어떠셔?

응. 요즘엔 건강하셔.

좋네.

처음에는 좀 겁을 먹은 채로 갔어. 두려웠던 것 같아. 우리 옛날에 여행 갔던 데서 멀지 않은 곳이었는데 그때 거기가 좋았던 게 생각나서 가끔 생각했었어. 살면서 가장 꿈같은 날들이었거든. 니가 키우던 강아지도 같이 농다리를 건널 때.

영덕?

진천. 엄마가 거기 있었거든. 제주 같은 데가 고향이었으면 좋았겠다, 그런 생각도 했었지. 사람들이 하도 좋다고 하니까 엄마랑 나도 그런 좋은 데서 지내다 보면 좀 나아질까 싶었어. 가서 엄마가 하던 일부터 이어서 했지. 한 세 달인가는 병원으로 퇴근하면 잠만 잤던 것 같아. 몸으로 일을 해선지 잠이 막 오더라고. 엄마가 날 돌본 건지 내가 엄마를 돌본 건지 모를 만큼 잤어. 그러다 엄마가 퇴원을 했는데 올라오기가 싫더라. 거기 충북혁신도시라는 단지가 있거든. 터미널에서 택시를 타고 가야 하는 덴데 사방팔방 아무것도 없고 그냥 방들만 있어. 아니 방들이 그때 막 생기기 시작하던 중이었지. 버스 정류장이 있지만 버스를 본 적은 없을 정도. 엄마가 거기서 혼자 아팠다고 생각하니까…… 이렇게 세세하게 다 말하길 원해?

응.

준영이 고개를 끄덕였다.

그 지역 원룸촌에 사는 사람들은 대부분 남자고 외국인이거든. 여자는 거의 본 적이 없어. 편의점 하나랑 식당 몇 개만 있고. 거기 살다가 주택으로 이사를 간 게 언제더라……

저기.

응?

그 얘기도 좋은데, 내려가기 전에…….

전에 뭐?

왜 말 안 했어.

모르겠어.

우리는 말없이 술을 몇 잔 마셨다.

처음엔 밥을 먹기가 싫어서 술을 마시기 시작했던 것 같아. 보라가 출근하면 아침부터 마시고 퇴근하기 전에 병을 내다버렸어. 근데 나름 성실하게 그 시간을 지키다 보니까 자꾸 마주치는 사람이 생기는 거야. 사는 게 그렇잖아. 누군가를 알게 되잖아. 사실 알고 지내도 이상할 것 없었어. 아랫집에 사는 아저씨였거든. 말을 하고 지내지 않았었는데 어느 날인가 병을 내다버리러 나갔는데 말을 걸더라구. 올 것이 왔다고 생각했어. 취한 와중에도 흠칫 놀라서 뒷걸음질을 좀 쳤는데 그 아저씨가 그러더라구. 무서워하지 말아요. 아가씨가 더 무서워요. 너처럼 눈이 커다랗고 키는 좀 작은 아저씨였거든? 파란 트럭에 기댄 채였어.

준영은 술 한 병을 더 주문했다. 나는 들고 있던 잔을 비우고 콩나물국 한 수저를 떠먹었다.

무슨 일이 있는지는 모르겠지만 술을 줄이는 게 어떠냐고 하더라고.

너무 힘들 때는 좀 기대도 됐었는데.

그 아저씨한테?

내가 기댈만한 사람이 아니어서 니가 더 힘든 건 아닌가, 그런 생각을 했었어.

우리 진천에서 재희랑 샤인머스캣 처음 먹어봤지?

응?

샤인머스캣.

미안해.

말을 돌려보려 했는데 잘 안 됐다. 그런 말을 들으려고 한 건 아니었다.

시시하지?

모르겠어. 미안하단 말을 하려고 만나자고 했어.

사건순으로 다시 해볼까?

마른 김을 집으며 내가 말하자,

미안해.

준영이 말했다.

사건순으로 하면 재밌어질 수도 있어.

그때 옆 테이블에 있던 한 사람이 일어나다 중심을 잃고 우리 테이블 위로 쓰러졌다. 이 집을 맛집으로 만들었다던 초장이며 소주잔, 숟가락과 젓가락이 바닥으로 나뒹굴었다. 그릇들이 떨어지는 소리가 요란했다. 동영상을 찍고 있던 일행은 손에 든 카메라를 내려놓으며 황급히 그 사람을 일으켰다. 그는 우리에게 술값을 전부 계산하겠다고 말했고 나는 뭔가 너무 다행이라고 생각했다. 우리 옷엔 약간의 음식이 쏟아졌으나 둘 다 어두운 색이어서 겉으로는 티가 나지 않았다. 준영은 물티슈로 옷에 묻은 음식들을 훔쳐냈다. 우리는 서둘러 코트를 입고 식당을 나왔다.

갈 곳을 잃은 우리는 잠시 골목 입구에 멈춰 섰다. 어디 가지……?라며 준영이 휴대전화를 꺼내 들었다. 사실 내가 얼마 전 준영의 연락을 받고 그를 만나고자 한 것은 미안하다는, 아니 고마웠다는 말을 하고 싶어서였다. 보라의 연락을 받고 일하는 가게에 휴가를 내고 나니 자연스럽게 준영이 생각났다. 그 주에는 오랜 친구들에게 세 번, 연락이 왔다. 보라, 준영, 그리고 십몇 년 전에 과외하던 학생까지. 그냥 연락했다는 사람은 없었다. 모두, 내게 할 말이 있었다. 나는 아직도 종종 재희의 번호로 문자메시지를 보내곤 한다.

오늘 준영을 만나지 않으면 오래 후회로 남을 것 같다는 생각에 용기를 냈는데 막상 만나고 보니 요즘 어떻게 지내냐는 말도, 미안하다는 말도 그가 먼저 하게 되었다. 왜지. 모르겠지만 나는 준영과 헤어지기 전에 꼭 그 말을 하리라 마음먹었다. 그 말을 정말 해야 하는 순간에 하리라고. 얘기를 좀 하다 보면 자연스럽게 그런 순간이 오지 않을까, 헤어지기 전에 다만 그런 순간이 왔으면…… 그런 생각을 했다.

다른 횟집 갈래?

횟집?

아니면 한옥마을 갈래? 꽤 볼만해.

나 한옥 살아.

거긴 달라!

이대로 헤어지는 건 좀 그렇지?

아직 아무런 말도 못 해놓고 툭, 그런 말을 내뱉고 말았다. 내가 우리의 대화를 망치고 있는 것 같았다.

응. 조금만 더 같이 있자.

준영이 휴대폰을 꺼냈고 비둘기 두 마리가 천천히 우리 주위로 다가왔다.

근처에 아는 곳이 있어.

앞장선 준영을 따라 걷기 시작했다. 원래는 저녁에 여는데, 사장님과 가까운 사이여서 혹시나 하고 연락을 드렸더니 마침 근처에서 점심을 먹고 있었다며 지금 와도 좋다는 대답을 들었다고 한다. 맥주와 위스키를 파는 곳인데 손님들이 신청하거나 사장님이 틀어주는 음악이 너무 좋아서 네가 서울에 살았다면 아마 단골이 되었을 거라고, 준영이 말했다. 그리고 아마 재희도 많이 좋아했을 거라고. 준영이 재희 이야기를 편하게 할 때면 어쩐지 같이 있는 것 같기도 했다.

15분쯤 걸린다기에 큰길 쪽으로 나가 주변 상점들을 구경하며 걸었고 작은 전파사 앞에서 왔던 길을 되돌아 걸었다. 걷는 동안 오토바이 몇 대가 우리 곁을 지났다. 나는 문득 시간이 흐르고 있다는 것을 실감했다. 그리고 시장 골목과 작은 골목들, 인쇄소 몇 곳을 지날 때는 내가 지금 어디에 있는 건지 잠시 헷갈렸다.

진상 아니야. 안 되면 안 된다고 하셨을 분이야.

나 아무 말도 안 했어.

진상 아니야. 안 되면 안 된다고 하셨을 분이야. 진상 아니야. 안 되면 안 된다고 하셨을 분이야. 진상 아니야. 안 되면 안 된다고 하셨을 분이야…… 그리고 두 번의 미안하다는 말. 나는 준영의 발끝을 쫓으며 정말 내가 가만히 있었는데 그가 그렇게 생각한 것인지, 사실은 내가 오랜 시간에 걸쳐 그를 먼저 말하는 사람으로 만든 것인지에 대해 생각했다. 준영의 발뒤꿈치를 찰 것 같아 걸음을 늦추며 고개를 들었을 때 그의 어깨 위로 오후 햇살이 쏟아지고 있었다.

15:12
한쪽 벽이 LP로 가득 찬 어둑한 실내엔 조용한 음악이 흐르고 있었다. 그때로부터 시간은 흘렀고 내 취향은 아직 그대로인 모양이었다. 사장님은 곧 돌아오겠다는 말을 하고 가게를 나갔다. 우리는 의자에 코트를 벗어 걸어두고 맥주와 와인이 가득 차 있는 냉장고 앞으로 갔다. 위스키와 꼬냑은 바에 죽 늘어서 있었다.

여긴 자기가 원하는 걸 직접 꺼내다 먹는 방식이야. 계산은 마지막에 하고.

그렇구나.

자기가 마신 만큼 나중에 책임을 져야 돼.

오늘은 내가 니 것까지 책임질게.

왜?

미안해.

……

많이.

준영은 정지 화면처럼 한동안 움직이지 않았다. 나는 독일 맥주를 꺼냈고 냉장고 앞에서 잠시 그를 기다렸으나 그는 움직일 생각이 없는 것 같았다. 일을 마치고 집에 들어와 벽에 기대어 예능 프로그램 같은 것을 볼 때면 옆방에서 간간이 웃음소리가 들려왔다. 그럴 때면 나는 재희와 준영과 보라를 생각했고 그때 중요하다고 생각했던 것들과 지금 중요한 것들. 그런 것들을 생각했다. 왜 그때는 나만 생각했을까. 피할 수 있는 건 아무것도 없었고 내가 맥주 한 병을 다 마시고도 그는 내 옆으로 오지 않았다. 냉장고 앞에서, 천천히 울고 있는 건지도 몰랐다. 누군가 울고 있는 이유를 시간순으로 말하자면 너무 먼 일일 것 같았기 때문에 나는 한쪽 벽에 걸린 모니터를 바라보았다. 화면 안에서 기차가 하얀 눈길을 달리고 있었다.

사람들은 종종 내게 대체 무슨 일이 있었느냐고 묻곤 한다. 그걸 말하지 않는 삶을 살기 위해서 나는 산다. 그러나 언젠간 내가 한 말을 스스로 뒤집게 될 거라는 생각이 든다.

18:45

보라와 복권을 사러 갔다. 7시 약속이니까 그 전에 들르자는 것이었다.

쉬는 날마다 복권을 사고 막걸리 한 잔을 마시는 게 루틴이 되었어.

마시면서 넷플릭스?

왓챠.

개를 산책시키는 사람과 자전거를 탄 사람이 우리를 지나쳤다. 벽에 기대 담배를 피우고 있는 사람, 오래된 미용실 앞에서 울고 있는 사람을 보았고 부동산 앞에 주차된 흰색 차의 보닛 위엔 고양이 한 마리가 올라앉아 있었다. 그 골목으로 택배차량이 들어섰다. 보라와 나는 구석으로 가 걸음을 멈췄다가 차량이 지나간 후 다시 걸었다.

준영이는 어떻게 지낸대?

과장님 됐대.

여자 친구는?

그것까진 안 물어봤어.

사실 얼마 전에 같이 재희한테 갔다 왔어.

응.

별말은 안 했어. 연락을 거의 못 하고 사니까. 재희 보러 올라갈 때 준영이가 의자 갖다 주고 그 정도. 날씨 얘기, 그런 거.

복권 가게는 원래 벽지를 피는 곳이었는지 빛바랜 벽지들이 사방에 붙어 있었다. 보라는 천 원에 당첨된 즉석복권을 교환하고 로또를 구입했다.

3천 원 사서 되겠어요?

복권 가게 주인이 말했고 보라가 그 자리에서 즉석 복권을 긁는 것을 나는 뒤에서 지켜보았다. 뒤이어 온 사람들이 자동 만 원요, 자동 5만 원요, 수동이요 10만 원! 하고 말하는 것을 들었다. 두 개의 별과 반짝임, 꽝. 보물상자와 랜턴, 꽝. 보석과 트로피, 꽝. 그리고 무언지 알 수 없는 그림이 나왔지만 아무튼 같은 그림은 아니었다. 보라는 동전을 쥔 채로 고개를 숙였다.

보물선과 관련된 이미지들인가?

침몰한……

집 근처의 작은 태국 음식점은 보라와 성민이 자주 가는 곳이라고 했다. 나는 태국어로 된 간판은 읽을 수 없었지만 들어서자마자 맞닥뜨린 실내 인테리어로 그곳이 태국 음식점이라는 걸 알 수 있었다. 출입문과 가까운 자리에 앉아 우리를 반기는 사람이 성민인 것 같았다. 가벼운 인사를 하고 자리에 앉자 곧 그가 미리 주문해놓은 음식들이 차례로 테이블 위에 놓였다.

주란 씨죠? 얘기 많이 들었어요.

안녕하세요.

아, 얘기를 왜 많이 들었냐면 제가 많이 물어봤어요.

네. 별거 없었을 텐데.

사람 다 별거 없죠. 많이 드세요.

성민이 웃었고,

오늘 제가 살게요, 많이 드세요.

내가 말했다. 별거 없다는 말을 어떤 마음으로 했는지 조금 알 것 같았고 편안했다.

제가 사야죠.

오늘은 제가 그러고 싶어서요.

안 되는데……라며 성민이 보라를 바라보았고,

다음에 사면 되지.

보라가 말했다. 문득 다음이라는 말이 따뜻하게 느껴졌다. 다신 없을 것 같은 말이라고 생각했던 날들, 너무 행복하게 살지 말자고 다짐하던 날들.

22:15

손님들이 하나둘 자리에서 일어나 어느새 가게 안엔 우리만 남아 있었다. 쌀국수 하나를 나눠먹고, 우리도 일어나자고 보라가 말했다. 주문한 쌀국수를 내려놓으며 사장은 옆 테이블에 있던 의자를 끌어와 앉았다. 맛이 괜찮았어요? 나를 보며 묻기에 나는 고개를 끄덕였다. 사장님이시라고, 성민이 소개하며 비어있던 잔에 맥주를 따랐다.

요즘엔 좀 어떠세요?

보라가 묻자,

너무 슬프시 뭐.

사장이 대답했다.

제가 우울증이거든요.

사장이 맥주를 마시며 다니는 병원에 대해 말했다. 세 군데 병원을 거쳤고 요즘에 많이 좋아지고 있는 것 같다고 했다. 우리는 쌀국수를 먹으며 그의 이야기를 들었다.

아, 저희 신혼집 주인이 몇 살인지 알아요?

성민이 말했다.

07년생이면 몇 살이지?

보라가 말했고 나는 열다섯 살이라고 말했다. 우리는 한바탕 크게 웃었고 나는 진천에 내려간 후 같이 살게 된 동물들에 대해 얘기했다. 어느 날 집에 들어오더니 다시 나가지 않아 가족이 된 것이었다. 성민과 보라는 다음엔 사료와 간식을 사서 동물 가족을 보러 오겠다고 말했다.

사장님도 쉬는 날 같이 오시면 좋겠어요.

나도 모르게 그런 말을 하고 말았을 때,

맞다. 호랑이슈퍼 주인 바뀌었어.

보라가 말했다.

정말?

응.

아주머니 정말 좋으셨는데.

그치.

어디서 뭐 하고 계실까.

그러게.

농담이라곤 하나 없는 술자리가 이어지는 동안, 어쩐 일인지 사진을 몇 장 찍었다. 그리고 자정 무렵 식당에서 나와 손을 흔들며 헤어졌다. 사장님은 이 정도는 내일 치워도 된다며 집이 있는 건물 2층으로 올라갔고 성민이 우리를 데려다주겠다고 했지만 보라가 괜찮다고 했다. 그는 근처에 구한 신혼집에 먼저 들어와 살고 있다고 한다. 도착하면 연락하자고 말한 뒤 횡단보도를 건너는 성민의 뒷모습을 바라보던 보라와 나는 어두운 밤 골목을 천천히 걸어 재희와 살던 집 앞에 멈춰 섰다. 불은 꺼져 있었다.

여기 그립지 않았어?

넌 매일 여길 지나겠네.

응.

어때.

어떨 것 같아.

집으로 돌아와 차례로 몸을 씻고는 보라의 방에서 맥주 한 캔을 나눠 마셨다. 보라는 성민에게 받은 사진 몇 장을 다시 내게 보내주었다. 나는 사진 속에서 젓가락을 든 채로 웃고 있었다. 보라는 내가 이사를 가던 날의 이야기를 꺼냈다. 담담한 목소리였다.

지난 일은 잘 기억이 안 나는데 그날만은 또렷하게 기억이 난다.

나도 그날 네가 어떤 밤을 보냈을지 상상해보곤 했어. 말은 못 했고,

근데 있잖아.

응.

보고 싶었어.

진심이었고 웃길 바랐는데 보라는 울었다.

돈 마음에 들게 넣었네.

보라가 웃으며 말했다.

내가 왕만두를 좀 잘 빚더라고.

나는 우리 주변에 널브러져 있던 휴지들을 휴지통에 넣었다. 그리고 한때 내 방이었던 방에 누웠다.

2

02:02

시간이 흐른 것뿐이라고 생각한 적이 있었다. 아무것도 알 수 없는 동안에도 시간은 흐르고 있고 이를테면 모든 것은 그렇게 설명할 수도 있는 거라고. 그렇게 설명할 수 없다면 어떤 것도 설명할 수 없을 거라고.

09:25

보라와 나는 음식 준비를 위해 호랑이슈퍼에 갔다. 둘 다 한 번도 제사를 지내본 적이 없었기 때문에 엉터리일 것 같았지만 그래도 해보기로 했다. 처음엔 인터넷을 검색해 상의를 했으나 어차피 집집마다 조금씩은 다르다고 보라가 말했다. 너무 다른 것 같다고 나는 생각했지만 이번엔 이렇게 하자고 결론이 났다. 나름 흉내를 내기 위해 소고기 탕국과 세 가지 나물과 전 세 종류는 하기로 했다.

이 꼬치는 엄마 살아 계실 때도 못 먹어봤어.

해보자.

술도 사야지.

술?

크고 긴 술 있잖아, 왜.

모든 재료를 사고 긴 꼬치를 찾지 못한 보라가 주인에게 위치를 물었다. 밝은 갈색 단발머리의 주인은 일회용품 코너를 조금 살펴보더니 다 나가고 없다고 말했다. 이쑤시개로 가능할까, 그런 얘기를 하며 계산대에 섰을 때 주인이 아래 서랍장에서 포장재가 찢어진 꼬치를 꺼내며 말했다.

혹시 이거라도 괜찮으시면 그냥 가져가시겠어요?

오, 감사해요!

보라가 반색을 했고

와, 감사합니다.

나도 좋아했다.

천오백 원밖에 안 하는데 뭘 그렇게 좋아하세요. 포인트 번호는요?

공일공 칠구팔사……

우리는 봉투를 나눠들고 슈퍼를 나왔다. 쌀쌀했지만 입김이 나올 정도는 아니었고 햇살이 밝았다.

묘하게 기분이 나빠.

보라가 말했고 나는 고개를 끄덕이며 조금 웃었다.

재희의 장례식장에는 많은 사람이 찾아와 재희를 떠올리며 울었다. 대부분이 집에 가지 않고 자리를 지켰다. 자정 넘어 도착한 한 선배가 우리의 어깨를 두드리며 어차피 사람은 다 죽는다고 말했다.

그건 알겠는데, 그 얘길 왜 지금 할까?

기억이 나지 않지만 누군가의 싸늘한 목소리에 어깨에서 손을 거두던 느낌이 떠오른다. 에이, 위로하려고 한 얘기겠죠. 몇몇이 그런 식으로 말하며 분위기를 정리했고 그는 몇 시간 후에 지난 선거에 대한 이야기를 했다. 이야기를 주도하던 선배는 그때 보라와 내가 투표를 하지 않았다고 말했다. 병원에 있었던 건 알겠는데 그럴수록 투표를 했어야지. 하여튼 난 쟤네가 너무 안타까워. 많은 사람이 찾아와 울던 모습과 함께 그 말이 머릿속에서 오래 떠나지 않았었다. 나는 그 이유들에 관해서는 아직도 알지 못한다.

14:23

당근라페 먹어봤어?

당근라페?

응.

처음 들어봐.

모든 음식을 망친 뒤 집을 나섰고 횡단보도에 서서 신호를 기다리는데 보라가 전에 옆집에 살던 여자 이야기를 들려주었다.

토요일이어서 집에 있다가 세탁소에 가는 길이었나. 이삿짐 내리는 걸 보게 되었어. 짐이 많더라구? 그

후로 한두 달은 마주친 적 없이 지냈었는데 어느 날 저녁에 퇴근을 하고 집에 왔을 때 문 앞에 작은 종이가방이 있었어. 주위를 둘러보고는 일단 들고 들어와서 열어봤지. 가방 안에는 먹을 것들과 쪽지가 같이 있었어. 옆집 사람인데 다 먹지도 못하면서 장을 보는 습관이 있대. 비어 있으면 사고 싶고 꽉 차 있으면 답답하다나. 부담 갖지 말고 먹으라고 하더라. 대신 자기는 빨래를 많이 한다고, 좀 시끄러울 수 있다고, 너무 시끄러우면 꼭 얘기해달라는 내용이었어. 그 여자가 빨래를 많이 한다는 건 어느 정도 알고 있었어. 가끔 평일에 쉬는 날 낮에 집에 있으면 여지없이 빨래 돌리는 소리가 났었으니까. 한 번 하는 것 같지가 않았고 몇 번씩 하는 것 같았어. 그 여자가 가장 자주 준 음식이 당근라페였어. 당근을 채 썰어서 올리브오일이랑 이것저것 넣고 버무린 건데 덕분에 그걸 처음 먹어본 거야. 아무튼 난 그 여자가 주는 것들을 부담 갖지 않고 먹었는데 그래도 너무 많이 받았다 싶을 때마다 커피나 빵을 옆집 문 앞에 놔두기 시작했어. 집에 있는지 없는지는 몰라도 가끔 그렇게 놔두고 왔어. 그러던 어느 날인가. 빨래 돌리는 소리가 나기에 집에 있는가 보다 하고 퇴근길에 사 온 빵을 주러 옆집엘 갔어. 얼굴을 마주친 적은 아마 그때가 처음이었을 거야. 노크를 하고서도 한참을 나오지 않기에 그냥 돌아서려는데 문이 열렸어. 그 사람이 울면서, 문을 열어주었다. 문을 여니까 세탁기 소리가 더 크게 들려왔어. 나는 소포지 같은 봉투에 든 빵을 내밀었어. 이거 드세요. 그렇게만 말하고 돌아서는데 그 여자가 말했어. 매일 우는 건 아니라고. 네, 하고서 집에 돌아왔는데 꼭 매일 울 것만 같더라. 아니 매일 우는 사람이면 어떡하지 싶었던 것 같아. 옆집에 살 뿐 모르는 사람이라고 할 수도 있는데.

그건……

오만 같은 건가, 다 그러고 사는 건가 아직도 모르겠어.

신호가 바뀌고 우리는 길을 건넜다.

모르겠어.

나도.

모른 채로 계속 사나.

언제 알았던 적은 있었나.

그런 건 누가 아나.

아무튼 이제 당근라페는 선수라고 말하기에 잠깐 멈칫하는 사이 보라는 나를 조금 앞서 걸었다.

나도 만두 빚는 데는 선수야.

웃기지도 못하고 앞서 오는 몇 사람을 비켜서며 버스 정류장을 향해 걸었다. 7분 후 도착. 엄마로부터 [서울 좋으냐]는 메시지가 왔고 나는 그렇다고 답장을 보냈다.

16:03

재희가 있는 곳의 풍경은 그대로였다. 봄에는 봄의 풍경으로, 여름에는 여름의 풍경으로, 가을에는 가을의 풍경으로 재희는 우리를 맞았다. 우리도 그런 모습으로 하루를 사는 것처럼 재희도 그런 것 같았다. 언제부터 거기 있었는지 쌀쌀한 와중에도 한 무리의 사람들이 소풍을 온 듯이 모여 앉아 있는 모습을 보았다. 멀리서 웃음소리가 들려왔고 보라와 나는 잠시 벤치에 앉아 전광판에 뜬 문구들을 읽다가 안으로 들어갔다. 꽃, 사람, 꽃, 사람, 꽃, 사람, 꽃, 사람들을 지났다.

재희야. 어떻게 지내.

나는 재희에게 짧게, 그렇게만 물은 뒤 나의 이야기를 했다.

19:59

일산에서 서울로 돌아오는 길에는 지하철을 탔다. 토요일 저녁이고 누군가를 기다리는 것 같은 사람들이 역 근처에 거리를 두고 서 있었다. 머플러를 고쳐 매거나 휴대폰을 보고 있는 익숙한 풍경이었다. 저녁이 되어 온도가 떨어진 데다 배가 고팠던 우리는 평소보다 좀 빨리 걸었다.

이 동네랑 아주 비슷한 동네가 유럽에도 있더라.

유럽?

응.

유럽 어디?

어디였더라, 나라 이름을 골똘히 생각하고 있는데 호랑이슈퍼 앞에서 누군가 구토를 하고 있었다.

정신 좀 차려요!

누군가 뒤에서 소리쳤고

네! 네!

구토를 하던 남자가 대답을 하며 몸을 일으켰다. 뒤를 돌아보자 한 여자가 일행의 등짝을 치며 정신 좀 차리라고!라는 말을 반복하며 웃고 있었다.

20:42

우리는 집에 들러 오전에 만든 음식을 챙겨 보라와 성민의 신혼집으로 갔다. 교회와 맨션들, 쓰레기들, 식당, 이발소, 목공소와 가구 공방과 카페, 김밥천국을 지나는 동안 들려오던 오토바이 시동 거는 소리가 멀어졌다. 깨끗한 외관의 빌라에 도착했다. 맨 꼭대기 층이 그들의 집이었다. 잘 다녀왔느냐고 성민이 물었고 우리는 그렇다고 대답했다. 다음엔 같이 가자고 성민이 말했다. 나는 목이 몹시 말랐다.

맥주 먼저 먹어도 돼요?

그럼요. 셀프예요. 맘껏 드세요.

그게 무엇이든, 나갈 때 책임지기만 하면 되는 모양이었다. 나는 냉장고에서 캔맥주를 꺼내 마셨다. 그리고 보라와 성민을 도와 저녁상을 차렸다. 한 캔을 다 마셨을 때 최근 친해졌다는 그들의 동네 친구 둘이 도착했다.

춥지?

케이크 뭐야?

넌 파티를 원치 않겠지만 우리가 저질렀어.

그거 어디서 들어본 대산데?

똑똑해.

기분 너무 좋다. 저 말을 하려면 파티를 원치 않는 사람이 있어야 했거든.

아닌 게 아니라 보라와 성민은 결혼식도 따로 하지 않기로 했나. 소고기 탕국, 삼색 나물, 전은 잠시 빼두고 족발과 회로 상을 차렸다. 케이크는 냉장고로 들어갔다. 태국 음식점 사장님은 토요일이라 많이 늦을 수도 있다고 성민이 말했다. 새해 첫 모임이라며 보라가 나를 친구들에게 소개했다. 그들은 각자의 계획에 대해 이야기했다. 이 동네에 살다가 옆 동네로 이사를 갔다는 정연과 나는 계획이 없었다.

피곤하면 너무 과부하되지 말라고 아데노신이라는 물질이 나오거든요. 뇌를 천천히 쓰라는 거죠. 그 아데노신이라는 물질의 분비를 카페인이 막는다고 해요. 그래서 요즘 카페인 섭취를 좀 조절하고 있어요.

영목이 커피를 마시며 말했다. 그는 이어서, 담배도 끊었어요. 생각이 막힐 때마다 담배를 피웠는데 담배를 피우면 막 갑자기 아이디어가 떠오르거든요. 뇌에 여러 영역을 붙게 해주는 아세틸콜린이라는 물질이 나와서 그렇대요. 근데 그게…… 잠시만요, 담배 얘기 하니까 너무 피우고 싶네, 라고 말한 뒤 담배를 피우러 갔다. 어리둥절한 표정을 짓는 내게 보라와 성민은 놀라지 말라며 "원래 그렇다"고 말했다. 정연은 고개를 끄덕였고 돌아온 영목은 의지와 실행에 대한 이론을 펼쳤다. 그렇다고 영목만 말한 것은 아니었다. 천천히 술을 마시는 동안 이런저런 이야기가 오갔다.

23:55

자정 무렵 재희를 위한 음식이 차려졌다. 기도도 하고 절도 하고 아무튼 할 수 있는 건 다 할 생각이다. 뭘 하든, 각자 그럴 만한 이유가 있다고 나는 생각했다.

모르는 분이지만 함께할게요.

오, 고마워요.

자기가 생각하고 싶은 사람도 같이 생각해도 되죠?

그럼요.

이런 경우는 처음이었는데 좀 좋았던 것 같다고, 마지막으로 눈을 뜬 정연이 말했다. 우리들은 건배 같은 것은 하지 않았지만 각자 자기식대로 술을 마시며 자기 이야기를 했다. 별것 아닌 얘기들이었는데 다 같이 웃는 순간들이 있었다.

3

02:12

악의는 없지만 늘 정연을 곤란하게 하는 선생님 이야기를 듣고 있을 때 벨이 울렸다. 태국 음식점 사장님이었다. 사장님은 녹초가 된 채 보라에게 프랑스 자수 세트를 건넸다. 보라의 유일한 취미였다.

오늘 저한테 왜들 이래요?

보라가 말했고

보라 씨 오늘 생일이잖아.

영목이 냉장고에서 케이크를 꺼내 오며 말했다.

제가요?

보라 생일 여름인데.

그것도 한창 더운 7월 29일인데.

나와 성민이 한마디씩 했다.

저번에 보라 씨가 우리 가게에서.

제가요?

보라 씨 그렇게 안 봤는데…

아아! 그거 농담이었는데!

사장님은 냉장고에서 맥주를 꺼내 마셨고 영목은 케이크를 내려놓은 뒤 담배를 피우러 나갔다. 보라와 정연과 나는 감탄하며 프랑스 자수 세트를 구경했고 성민은 사장님에게 저녁은 어떻게 드셨냐고 물으며 포크를 주었다. 사장님이 포크로 케이크를 떠먹으며 내게 언제 내려가느냐고 묻기에 내일 점심에 간다고 했더니 우리 가게에 와서 점심을 먹고 저녁에 내려가라고 했다. 나는 봄이 오면 다시 오겠다고 말하려다가 알겠다고 했다.

술과 농담과 장미의 나날

—

이장욱

아무도 어리석은 삶을 원하지 않는다.

하지만……

1. 스투핀 씨의 견해

우리 집에는 니콜라이 이바노비치 스투핀이 사는데, 그는 모든 것이 연기(煙氣)라는 이론을 주장한다. 그런데 내 생각에는 모든 게 다 연기는 아니다. 아마 연기라는 것 자체도 없을지 모른다. 그 어떤 것도 존재하지 않을지도 모른다. 하나의 카테고리만이 있다. 어쩌면 어떤 카테고리도 없을지도 모른다. 단정하기가 어렵다.
아주 뛰어난 예술가가 수탉을 아주 자세히 살펴보았다고 한다. 아주 유심히 보고 또 아주 유심히 보았는데, 수탉은 존재하지 않는다고 확신하기에 이르렀다. 예술가가 그의 친구들에게 이것에 대해 말하자 친구들은 이를 농담으로 받아들였다. 예술가가 바로 여기 서 있고 내가 그를 분명히 관찰할 때조차도, 그는 그 자신이 존재하지 않는다고 말했다. (다닐 하름스, 「현상과 본질에 대하여 No.1」)

나는 어젯밤 꿈에 소설가 하름스 씨를 우연히 만나 술을 마셨기 때문에, 술과 농담에 대한 이 글을 그의 문장으로 시작하기로 했다. 하름스 씨는 빨간색 루바슈카를 입은 채 땀을 흘리며 보드카를 마시고 있었다. 나는 실내가 더우니 옷을 벗으라고 말했지만 그는 빙긋 웃기만 할 뿐 루바슈카를 벗지 않았다. 두껍고 무거운 루바슈카는 그에게 어울리지 않았다.

우리는 취하고 또 취했다. 꿈에서 만취한 것은 처음이어서 신기하다고 생각했다. 나는 하름스 씨가 정교회 십자가를 손에 들고 있는 걸 보고 왜 그런 농담 같은 물건을 들고 있습니까 하고 물었다. 그렇게 묻자마자 나는 내가 불경한 말을 했다는 것을 깨달았다. 신의 진노를 살 것 같았다. 천둥 번개가 칠 것 같았다. 하지만 하름스 씨는 의외로 진지한 사람이었다. 그는 표정 변화도 없이 자신의 십자가를 가리키며 말했다.

"이것은 연기입니다."

나는 십자가를 바라보았는데 그것은 정말 연기였다. 하름스 씨가 손을 들어 창밖을 가리켰다. 창밖 역시 연기인지 안개인지로 가득해서 뿌옇게 보였다. 연기와 안개의 거리에는 엉뚱한 사람들과 엉뚱한 동물들과 엉뚱한 사물들이 흘러다니고 있었다. 하늘에서 거대한 숟가락이 나타나고, "돌을 삼키는 것은 위험하다"고 외치는 보일러공이 뛰어다니고, 아주 길어서 방 두 개 정도 길이의 아내를 가진 화가 미켈란젤로가 문을 두드리고, 식당에서 갑자기 요정이 튀어나와 소원을 말하라고 요구했다. 술을 마시던 셰르푸호프 씨의 등 뒤에는 공간도

에테르도 없기 때문에 그가 어디에 있다고 말하는 것이 불가능했다. 그의 주위에는 "쁘림! 찝! 쁘람!"이라고 무의미한 소리를 지르며 돌아다니는 사람도 있었다.

이게 다 무언가 싫어서 나는 하름스 씨를 멍청하게 바라보았다. 이번에는 그가 자기 자신을 소개하기 시작했다. 자신은 모친의 몸에서 세상으로 나온 뒤에 다시 모친의 몸으로 억지로 넣어진 사람으로, 예정 출산일 전이었기 때문에 그렇게 되었다고 했다. 뒤늦게 의사가 달려와서 모친에게 황산마그네슘을 먹인 덕분에 겨우 세상으로 나올 수 있었다고도 했다. 문자 그대로 두 번 태어난 사람이라는 것이다. 그렇게 두 번째로 그가 태어난 날은…… 4월 1일 만우절이었다.

나는 보드카에 취한 채 외쳤다.

"이제 그만. 그런 농담은 이제 충분하다고 생각합니다."

나는 내 입에서 나온 문어체 문장이 다소 무례했다는 것을 깨달았다. 하름스 씨에게 사과하려고 했지만 이미 꿈에서 깬 뒤였다.

2. 하름스 씨의 세계

하름스의 세계는 부조리라기보다는 차라리 악취미에 가까운 농담들로 가득하다. 거기에는 잘 짜인 형식이나 곱씹을 만한 메시지가 없고 성찰, 사유, 주장 같은 것도 없다. 작가가 "알코올이라고 불리는 음료를 마시고" 소설을 썼기 때문에 일어난 일은 아니라고 나는 믿는다.

다닐 하름스는 1905년생으로 1942년에 죽었다. 겨우 37년을 살았다. 소비에트 시절이었고, 완강한 이분법과 가차 없는 숙청이 횡행하던 시대였다. 세계가 열렬하고 비참한 의욕으로 가득한 시절에, 하름스는 슬픈 농담 같은 소설을 썼다. 집요하게 썼다. 짧고 썰렁하고 어리둥절하고 엉뚱하다가 종래는 어쩐지 슬퍼지는 것이 그의 소설이었다.

"그렇게 하지 않는 편을 선호합니다"라는 말을 반복했던 허먼 멜빌의 주인공 바틀비처럼, 하름스의 세계는 "존재하지 않는 편을 선호합니다"라고 고백하는 인물들로 가득한 것 같다. 적어도 그런 기분으로 읽게 만든다. 그래서일까. "모든 것이 연기"라는 스투핀 씨의

견해는 허무주의라든가 부정성이라든가 포스트뭐뭐 같은 일반적인 개념어로는 설명되지 않는다. "그렇게 하지 않는 편을 선호합니다"라는 바틀비의 말이 소극성이나 수동성으로는 설명되지 않는 것과 마찬가지로……

하름스는 안간힘을 다해 글을 썼다. 닥치는 대로 글을 썼다. 내가 갖고 있는 하름스의 책 중에는 온갖 수식과 낙서와 그림과 메모로만 채워진 두 권짜리 『메모 전집』 같은 것도 있다. 그는 대화의 전제 자체를 무시하고 급진적으로 의미를 비워버리는 방식을 취했다. 정치적 효용론이 압도적이었던 시대에 어지럽고 어리둥절한 글을 쓰면서 그가 느낀 불안과 두려움을 상상하기는 쉽지 않다. 확실한 것은 그 불안과 공포가 유럽풍의 실존적 불안과는 거리가 멀었다는 점이다. 하름스의 부조리한 세계는 카뮈나 이오네스코 계열의 유럽 부조리 문학과는 맥락이 다르다.

*

그의 농담 같은 소설에 대한 일반적인 이해는, 기형적 이데올로기 과잉 시대의 뒤집힌 거울상이라고 말하는 것이다. 의미 과잉의 고통을 의미의 소거를 통해 위로한다고도 말할 수 있다.

이런 설명은 사실 오늘날에는 올드하게 느껴진다. 스탈린주의나 나치즘의 폭력을 소환해서 반사적으로 의미를 얻는 시대는 지나갔다. 적의 사악함을 강조해서 자신을 정당화하는 시대도 지나갔다. 의미와 무의미, 체계와 반체계, 합리성과 부조리의 대립상이 유의미하던 시대도 오래전이라는 느낌이 든다. 의미 과잉을 의미 소거로 대체하는 것 역시 더 이상 흥미를 끌기 어려워 보인다.

하지만 하름스적인 의미의 소거 뒤에 텅 빈 공백만이 남는 것은 아니다. 그곳에는 유연해진 세계가 있고 접속하는 사물들이 있고 변주되는 위로가 있다. 그 풍자적 무의미 뒤에는 고통받았던 한 인간의 삶이 웅크리고 있다. 다닐 하름스는 1942년에 반소비에트적 목적으로 패배주의를 유포한 작가로 지목되어 감옥에서 죽었다. 사인은 기아였다고 한다. 굶어 죽었다는 뜻이다.

요네하라 마리의 책에 나오는 흔한 러시아식 농담은 이런 것이다.

> "아빠, 술에 잔뜩 취한다는 게 어떤 거야?"
> "여기 잔이 두 개 있지? 이게 네 개로 보이기 시작하면 잔뜩 취한 게 되는 거야."
> "아빠, 거기 잔이 하나밖에 없는데?"

술에 관한 이 농담이 그저 썰렁한 유머이기만 한 것은 아니다. 대화의 전제 자체를 교란하고 무화시키는 것이 농담의 일반적인 전략이라는 점을 잘 보여주기 때문이다.

커뮤니케이션은 대화를 나누는 사람들이 일정한 상황과 정보를 공유하고 있을 때 가능하다. 언어학에서는 이 공유상황 또는 주어진 정보를 '테마'라고 부른다. 사람과 사람의 대화는 주어진 정보(테마: thema)에 기초해서 새로운 정보(레마: rhema)를 교환하는 방식으로 진행된다. "나는 짬뽕"이라고 말했을 때 이것은 내가 짬뽕이라는 뜻이 아니라, 중국집에서 내가 주문할 메뉴가 짬뽕이라는 뜻이다. 넓게 말해서, 테마는 중국집에서 내가 선택할 메뉴이고 레마가 짬뽕이다.

요네하라 마리가 소개한 위의 농담은 대화의 전제가 되는 테마, 즉 공유상황 자체가 애초에 일그러져 있음을 드러내는 지점에서 농담으로 성립하는데, 지금 내가 뭘 하고 있는 거지?

*

> 농담을 설명하는 것만큼 농담에 담긴 마법을 더 잘 빼앗는 방법은 없지요.

이것은 카프카의 농담에 대해 설명하면서 데이비드 포스터 월리스가 한 말이다. 농담은 아마도 이런 의미에서만 시와 만나는 것 같다. 논리적 언어로 세세하게 설명하는 것만큼 시의 마법을 잘 빼앗는 방법은 없으니까.

그런데 말을 이렇게 바꾸면 어떨까? 만일 당신이 어떤 시를 논리적 언어로 세세하게 설명했는데, 그렇게 해서 정말 그 시의 마법을 온전히 빼앗을 수 있었다면? 그것은 당신의 책임도 아니고 논리적 언어의 책임도 아니다. 그 시가 빈곤하여 애초에 어떤 마법도 없었다는 증거일 뿐.

나는 신비주의에 아무런 호감이 없고 오히려 싫어

하는 편이지만, 확실히 좋은 시에는 그런 의미에서의 '신비' 또는 '마법'이 있는 것 같다. 다른 언어로 설명되지 않는, 그것 자체로서의 그림자, 어둠, 또는…… 연기.

*

데이비드 포스터 월리스의 에세이에는 '엑스포메이션'에 대한 얘기가 나온다. 사람과 사람의 의사소통은 '인포메이션'(정보)에 기반해 있는 것 같지만, 그것은 말 그대로 빙산의 일각이다. 대부분의 의사소통은 상황, 맥락, 표정, 어조, 목소리, 뉘앙스, 분위기, 언어화가 불가능한 이면의 의미…… 등을 통해 이루어진다. 말의 심층에 잠복해 있는 확정 불가능한 요소들이 의사소통에 관여한다. 이것을 커뮤니케이션 이론에서는 '엑스포메이션'(비정보)이라고 하는데, 정보 바깥의 정보, 또는 형식(form) 바깥(ex)의 정보라는 뜻인 것 같다.

데이비드 포스터 월리스는 소설가지만 소설만큼 에세이에 정성을 기울였다. 파격적인 농담을 즐겼던 이 작가는 2008년의 어느 날 문득, 스스로 삶을 버렸다. 오랫동안 우울증에 시달렸다고 하는데, 어쩌면 '엑스포메이션' 과다가 원인이었을지도 모른다.

*

데이비드 포스터 월리스가 자살하던 날, 나는 레지던시 프로그램을 따라 미국의 한 소도시에서 시간을 보내고 있었다. 일종의 대학도시로 조용하고 작고 깨끗하고 예의바른 중산층 거주지였다. 여행은 아니었는데 여행이 아닌 것도 아닌 애매한 상태로 나는 그 소도시를 배회하고 있었다.

그때 나는 낡은 미국식 교외 주택의 1층에 세를 들어 지내고 있었다. 그해에는 홍수 때문에 레지던시 공간이 침수되어 작가들이 도시 전체에 뿔뿔이 흩어져 기거해야 했기 때문이다. 그날은 어디서 앰뷸런스의 사이렌 소리가 반복해서 들렸다. 이 작고 조용한 도시에도 사건 사고가 참 많은 모양이구나. 나는 중얼거렸다. 아침에 일어나서 토스트를 구워먹고 커피를 마시고 멍하니 창밖을 바라보다가 겨우 몇 개의 문장을 쓰고 샴보하우스에 갔다.

그날 오후에 만난 미국 작가들은 데이비드 포스터 월리스를 애도하고 있었다. 나는 데이비드 포스터 월리스가 누구인지 알지 못했으므로 아무런 감정도 느낄 수 없었지만, 누군가 죽었다는 것은 실감할 수 있었다. 그날의 하늘은 음침했고 어디선가 사이렌 소리가 반복해서 들렸으며 미국 작가들의 우울한 표정은 이상하게 내 마음에 남았다. 데이비드 포스터 월리스는 활달하고 파격적인 소설을 쓰다가 우울증에 시달렸고 문득 자살을 결행했다고 했다.

나는 데이비드 포스터 월리스의 책을 구해서 집으로 돌아왔다. 엊그제까지만 해도 살아 있던 작가의 책을 훑어보다가, 할 수 없이 잔을 꺼내 맥주에 위스키를 타서 마시기 시작했다.

4. 시마다 씨와의 대화

막 잔을 비웠을 때 이웃에 기거하던 시마다 마사히코 씨가 창문을 두드렸다. 시마다 씨는 『천국이 내려오다』라든가 『돈나 안나』라든가 그런 흥미로운 소설을 쓴 일본 작가로 잠시 이 도시에 체류 중이었고, 두어 번 숙소를 찾아와 술을 마신 적이 있었다. 그날도 그는 새벽 5시까지 베사메무초를 멋들어지게 부르며 데킬라를 마셨는데, 농담도 잘하고 노래도 잘하는 데다 술까지 셌던 작가로 기억한다. 한마디로 노련한 능력자였다.

나는 그에게 윌리스 씨에 대해 얘기했지만 내 어설픈 영어 때문이었는지 그는 별반 관심을 보이지 않았다. 우리는 일본과 한국에 대해서, 혼네와 다테마에에 대해서, 농담과 진심과 아이러니에 대해서 이야기했지만, 실은 아무 말 대잔치로 밤을 보내고 있었다.

*

단순한 일상 대화를 제외한다면, 사람이 사람에게 하는 말은 농담과 진심과 아이러니라는 세 꼭짓점 중의 어딘가에 위치해 있을 것이다.

농담은 말하는 사람과 듣는 사람이 그 말에 대해서 거리를 둘 때 발생한다. 거리가 있기 때문에 우리는 농담 속에서 여유와 숨 쉴 공간을 갖게 된다. 웃기도 하고 릴랙스를 할 수도 있다. 농담은 거리감에 의해 발생하지만, 그래서 곧 잊히고 연기처럼 사라져버린다.

진심을 말하는 사람은 거리감을 지우려 한다. 말과 진실 사이의 거리를, 자신의 말과 타인 사이의 거리를 없애기 위해 분투한다. 그는 자신의 진심 속에서 타인과 일치될 것을 목표로 말한다. 그래서 진심은 사람을 움직이는 힘을 가지지만, 동시에 여유와 빈 공간을 지워버리기도 한다. 진심은 우리에게 감동을 주지만, 진심만을 반복하는 사람이 때로 상대를 답답하고 곤란하게 만드는 것은 그 때문이다.

아이러니는 농담과 진심의 이분법에 균열을 낸다. 그것은 농담이면서 농담이 아니고 진심이면서 진심이 아니다. 거리감을 통해 진심에 이르고자 하는 농담, 또는 농담의 거리감을 넘어서려는 진심이라고도 할 수 있겠다. 더 간단하게는, 위장된 진심 또는 진실한 농담이라고.

*

시마다 씨가 돌아간 새벽에 나는 문득 공허해졌다. 창밖에 또 새로운 빛이 스며들고 있었다. 윌리스 씨가 없는 지상의 하루가 시작되고 있었다. 어디서 또 앰뷸

런스 소리가 쓸쓸한 농담처럼 들려왔다. 아무런 아이러니도 없었다.

나는 술을 좋아하는 편이지만 두주불사 형은 아니다. 두주불사 유형의 사람들을 좋아하면서도 그들과 친했던 적은 별로 없었던 것 같다. 대학시절을 돌아보면, 새벽까지 자리에 남아 술을 마시는 것을 '의리'로 여기는 분위기에 꽤 스트레스를 받았던 기억이 있다. 두주불사였던 사람이 정작 내가 그를 그리워할 때는 무책임하게 사라져버렸던 기억도 역시.

*

두주불사는 아니지만 나로서는 나름 애주가라고 생각하는 편이다. 특히 혼술이라면 거의 습관이 됐다고도 할 수 있는데, 자정이 넘어서 음악—주로 언플러그드 스타일의 인디 계열—을 틀어놓고 술을 마시는 일은 (벌써 구식이 된 말로) '소확행'이기도 하다. 이럴 때는 소량이지만 안주도 정성을 들여서 만든다.

몇 년 전까지만 해도 독주 체질—소주와 고량주를 선호하고 맥주는 전혀 하지 않았다—이었지만, 지금은 내가 어떤 종류의 술을 좋아하는지 모르겠다. 여름에는 맥주 또는 맥주+위스키를 마시기도 하고 겨울에는 소주, 사케, 고량주까지 그날그날 끌리는 대로 마신다. 말하자면 취향이 사라졌다고 할 수 있어서, 오늘은 어떤 종류의 술을 마시고 싶은지 헷갈릴 정도.

하지만 아무리 술에 끌려도 피하고 싶은 리큐르가 있으니, 압생트가 그것이다. 입에 안 맞아서일까? 글쎄.

*

압생트는 쑥이 들어가 녹색을 띠는 술로 알코올 도수가 45도에서 75도에 이르는 독주다. 색깔도 아름답고 신비로운 데다 잔 위에 불을 가까이 대면 화염이 치솟아서, 유럽이나 러시아에는 이런 것으로 퍼포먼스 서비스를 하는 카페들도 있었다. 오래전 상트페테르부르크의 술집에 혼자 들어가 압생트를 주문했더니 웨이터가 그런 퍼포먼스를 해주었던 기억이 있다. 그는 현란한 손놀림으로 압생트 잔 위로 화염을 만들어 보여주었는데, 그렇게 하면서 스스로도 상당한 만족감을 느끼는 듯했다. 나는 혼자 술집에 들어와 압생트를 주문한 겸손한 동양인으로서 "브라보!"를 외치며 박수를 쳐주었다. 진심이었다. 그때 술맛은 기억나지 않지만 그 불꽃만은 아직도 눈에 선하다.

지금이야 주류 전문점에서 어렵지 않게 구할 수 있지만, 당시에 압생트는 소문으로만 듣고 책에서만 보던 술이었다. 메뉴판에서 압생트를 보자마자 주저 없이 주문한 것도 그런 이유였다.

알려져 있듯이 압생트에는 만만찮은 문학적 후광이 둘러져 있다. 이 신비로운 초록빛 술은 랭보와 베를렌에게는 사랑과 증오의 술이었는데, 베를렌이 그의 사랑하는 소년 랭보에게 총을 쏘았을 때도 그는 압생트에 취한 상태였다. 고흐의 그림에 노란색이 많은 이유도 압생트를 즐겨 마셨기 때문이라는 설이 있는데, 이 술 때문에 눈에 황시증이 생겨서 그렇다는 것이다. 이런 관점에 의하면, 고흐의 노란색 해바라기가 압생트의 산물이라는 괴격한 농남까지 가능하다.

사실 압생트는 19세기에서 20세기 초까지 유럽에 흔한 술이었다. 대중적인 싸구려 리큐르 중 하나였다는 것이다. 이 독주는 확실히 낭만주의자들과 표현주의자들의 음료라고 할 만한데, 영혼의 에너지를 극대화하고 내면의 세속적 기율을 완화시키는 알코올의 효능과 관련이 있을 것이다.

지금은 많이 사라졌지만 예술가들이 폭음의 경험을 전시하고 과시하는 분위기 역시 크게 보면 19세기 낭만주의 전통의 산물이라고도 할 수 있다. 예술가는 당연히 술을 마셔야 하고 실존적 절망에 빠져야 한다는 식의 고정관념이 그때 싹텄기 때문이다. '압생트 낭만주의'는 그렇게 '예술'의 후광을 얻었지만, 그것은 주로 예술가들의 자기도취적 무절제를 위해 필요한 것이었다.

*

오늘날에는 미학적 낭만주의(바이러니즘에서 상징주의에 이르기까지)든 정치적 낭만주의(사회주의 리얼리즘의 '혁명적 낭만주의'에서 체 게바라에 이르기까지)든 구태의연한 느낌이 없지 않지만, 확실히 로맨티시즘에는 거부하기 어려운 매력이 있다. 가령 이런 문장들.

예술가는 형식을 만들고 그 안에서 세계는 리듬으로 직조된다. 리듬 속에는 땅도 하늘도 없고 오직 멜로디만이 있다. 이 형식이 음악적 심포니로서 삶의 본질로서의 리듬을 환기한다. 그래서 우리는 삶의 리듬을 음악의 정신이라고 부르는 것이다. 그 정신 안에서 이데아와 세계와 존재가 조응한다. 예술가는 소음의 카오스를 넘어서서 새로운 창조적 세계를 구성한다. 그것이 예술의 정신이다.

벨르이의 「삶의 노래」에서 발췌한 문장이다. 이 문장이 니체의 디오니소스와 연결된다는 것은 자명하다. 디오니소스는 언어화될 수 없는 전체성에 대한 매혹이며, 동시에 개별성의 소거를 가리키는 신화적 명명이기도 하니까.

*

디오니소스는 술 속에 진리가 있다(In vino veritas)는 오래된 경구와 연결된다. 이 경구는 기원 후 1세기, 그러니까 무려 2천 년 전부터 내려왔다고 한다. 그것은 낭만주의-상징주의자들의 도취적 감각을 설명하는 데 자주 사용되는 클리셰이기도 하다.

그런데 진리가 정말 술 속에 있을까? 물론 없다. 오히려 진리는 정확하게 그런 종류의 도취적 자아 확장의 반대편에 있으니까.

"술 속에 진리가 있다"는 '농담'이 유의미해지는 지점은 딱 하나인 것 같다. 자아의 세속적 논리적 측면이 약화되며 사유가 유연해지는 것. 또는 이성과 조화로움을 앞세우는 아폴론적 성향을 견제하는 것. 그런 의미에서 술이 글쓰기에 도움이 된다는 것을 아예 부정하기는 어렵다. 술을 마시며 글을 썼다는 작가라면 헤밍웨이, 뒤라스, 부코스키에서 이태백까지 셀 수 없이 많은데, 그들이 술 속에서 진리를 발견했을 리는 만무하지만 적어도 매력적인 문장 몇 개는 건졌으리라.

6. 속아도 꿈결 속여도 꿈결
그늘진 심정에

오래전 한때 내가 참석했던 모임에서는 술자리가 있을 때마다 '술과 장미의 나날'이라는 유행어가 돌았다. 그것은 건배사이기도 했고 자조적인 농담이기도 했으며 다소간은 진심과 아이러니 사이에서 헤매는 말이기도 했다. 우리는 '술과 장미의 나날을 위하여!'라고 외치며 건배를 했지만, 한편으로는 모두의 '술과 장미의 나날'이 곧 지나가리라는 것을 잘 알고 있었다. 술과 장미의 나날은 로맨틱한 기분과 동시에 허무주의적인 느낌을 주었는데, 그것이 바로 '술과 장미의 나날'의 매력이기도 했을 것이다.

*

〈술과 장미의 나날〉(Days of Wines and Roses, 1962)은 원래 블레이크 에드워즈의 영화 제목이다. 시네마테크와 비디오방 시절에 본 추억의 영화로, 제목만 들으면 로맨틱한 화양연화의 시절을 느끼게 하지만 실은 알코올중독자 커플의 비참한 말로를 스트레이트하게 보여준 영화로 기억한다. 사랑을 잃고 장미를 잃고 삶을 잃어가는 과정. 결국 그런 것이 인생이라는 것.

*

술 마시는 일이 중요한 모티프인 작품들은 일일이 거명하기 어려울 정도로 많다. 한국 소설만 해도 손창섭의 「비 오는 날」이나 황순원의 「술 이야기」에서 김승옥의 「서울, 1964년 겨울」을 거쳐 권여선의 「봄밤」에 이르기까지 다 헤아리기 어렵지만, 내가 좋아하는 장면은 이상의 「봉별기」에 나온다.

금홍이는 역시 초췌하다. 생활전선에서의 피로의 빛이 그 얼굴에 여실하였다.

"네눔 하나 보구져서 서울 왔지 내 서울 뭘허려 왔다디?"

"그리게 또 난 이렇게 널 찾어오지 않었니?"

"너 장가 갔다더구나"

"얘 디끼 싫다. 그 육모초 겉은 소리"

"안 갔단 말이야 그럼"

"그럼"

당장에 목침이 내 면상을 향하여 날라 들어왔다. 나는 예나 다름이 없이 못나게 웃어 주었다.

술상을 보았다. 나도 한잔 먹고 금홍이도 한잔 먹었다. 나는 영변가(寧邊歌)를 한 마디 하고 금홍이는 육

자배기를 한마디 했다.

밤은 이미 깊었고 우리 이야기는 이 생(生)에서의 영이별(永離別)이라는 결론으로 밀려갔다. 금홍이는 은수저로 소반전을 딱딱 치면서 내가 한 번도 들은 일이 없는 구슬픈 창가를 한다.

'속아도 꿈결 속여도 꿈결 굽이굽이 뜨내기 세상
그늘진 심정에 불질러 버려라 운운'

금홍은 「봉별기」의 금홍이고 「동해」의 임이이고 「행복」의 선이이다. 금홍이는 또 「날개」의 아내-연심이며 「지주회시」의 거미-아내이기도 하다. 시에서 금홍은 "장난감신부"(『I WED A TOY BRIDE』)이며 "낙타를 닮아서 편지를 삼킨" 아내(「아침」)였다. 소설과 시를 통틀어 금홍은 이상의 아내이며 연인이며 호적수이며 영영 붙들 수 없는 먼 사람이며 또 (김소운에 따르면) "욕으로 상대의 기선을 제압하는 데는 이골이 난" 사람이다.

사실 나는 이상의 내면에 비친 금홍이 아니라 실제의 금홍이 궁금하다. 이상과 헤어져 백천온천으로 돌아간 이후의 금홍. 1912년생이니까 그이가 살아 있다면 이미 백수를 넘겼을 것이다. 내 엉뚱한 상상 속에서 그이는 이상과 헤어진 후 글을 배우고 세상을 공부하고 스스로 시인 작가가 된다. 그이는 백천 능라정의 구성진 풍경의 일부로 살다가 식민지 시대를 지나 해방기와 미군정을 지나 군사정권 시절을 거쳐 자신의 실명으로 문득 매력적인 작품들을 발표한다.

꼿꼿한 할머니가 된 노년의 어느 깊은 밤, 그이는 젊은 날의 짧은 시절을 함께했던 한 선병질적인 사내의 얼굴을 떠올린다. 홀로 술 한 잔을 떠 놓고 그 건달, 문장 하나는 괜찮았는데……라고 중얼거리며 농담처럼 읊조리는 것이다.

속아도 꿈결 속여도 꿈결 굽이굽이 뜨내기 세상 그늘진 심정에 불질러 버려라 운운.

말들의 흐름 7

술과 농담
Drinks and Jokes

1판 1쇄 펴냄 · 2021년 4월 1일

지은이 · 편혜영 조해진 김나영
한유주 이주란 이장욱
펴낸이 · 최선혜

편집 · 최선혜
디자인 · 나종위
마케팅 · 이요르
인쇄 및 제책 · 스크린그래픽

펴낸곳 · 시간의흐름
출판등록 · 2017년 3월 15일
(제2017-000066호)
주소 · 서울시 마포구 독막로 6길 33
Email · deltatime.co@gmail.com

ISBN 979-11-90999-06-9 04810
979-11-965171-5-1(세트)

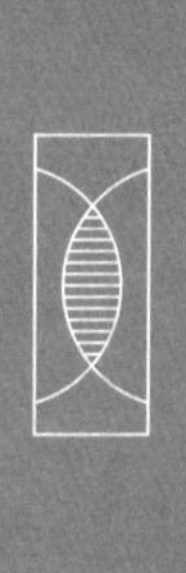